女巫克拉拉
Wildwitch之烈火试炼
[丹] 琳恩·卡波布 著
潘亚薇 译
朝華出版社
BLOSSOM PRESS

著作权合同登记号 01-2019-5132

图书在版编目（CIP）数据

女巫克拉拉之烈火试炼 /（丹）琳恩 · 卡波布著；潘亚薇译．—北京：朝华出版社，2019.12
ISBN 978-7-5054-4531-4

Ⅰ. ①女… Ⅱ. ①琳… ②潘… Ⅲ. ①儿童小说－长篇小说－丹麦－现代 Ⅳ. ① I534.84

中国版本图书馆 CIP 数据核字（2019）第 187697 号

女巫克拉拉之烈火试炼

著　　者　[丹] 琳恩 · 卡波布
译　　者　潘亚薇

选题策划　刘冰远　张　丽　　封面设计　马尔克斯文创
责任编辑　张　璇　宋　爽　　插画绘制　徐瑞翔　王　香　等
责任印制　张文东　陆竞赢　　排版制作　中文天地

出版发行　朝华出版社
社　　址　北京市西城区百万庄大街 24 号　邮政编码　100037
订购电话　（010）68996050　68996618
传　　真　（010）88415258（发行部）
联系版权　zhbq@cipg.org.cn
网　　址　http://zhcb.cipg.org.cn
印　　刷　环球东方（北京）印务有限公司
经　　销　全国新华书店
开　　本　880mm × 1230mm　1/32　　字　　数　120 千字
印　　张　6
版　　次　2019 年 12 月第 1 版　2019 年 12 月第 1 次印刷
装　　别　平
书　　号　ISBN 978-7-5054-4531-4
定　　价　28.80 元

目录
Contents

WILD WITCH

Chapter 1

第一章

黑　猫

黑猫，一动不动地蹲在台阶上。

我从没见过这么大的猫，差不多有我朋友奥斯卡的那只名叫武弗的拉布拉多犬那么大了，而且它还那么黑，眼睛在昏暗的地下楼梯井中闪着黄色的光。

“嗯……嗨，我说猫咪，让个道儿怎么样？拜托了！”

“不。”——其实它没有张嘴说话，不过我能从它身上看出它的回答。它不是无缘无故随便待在这儿的，这事不是巧合，它是有意如此。

我要去上学，而且快迟到了。风雨交加的天气里骑车可不好受，既骑不快又挺受罪。我可不想跟我那位吓人的数学老师汉娜解释，为什么短短两周内我又在她的课上迟到了——就因为害怕一只黑猫？！

“去去去，”我吓唬那只猫，“躲开躲开！一边去！”

而黑猫张开它的大嘴，露出粉色的舌头和一口又长又尖的白牙。它的牙看着比寻常的猫厉害多了。论起吓唬人，显然它比我在行。

我把自行车往上推了推，迈上一段台阶，这样我离那只猫就只有两米远了，我冲猫摆手：“走开！”

猫呢，纹丝不动。

我当然算不上是个多勇敢的女孩儿，但是这时候比起这只猫，我更害怕我的数学老师。所以我深吸一口气，以最快速度向台阶上冲去，我想这下这只顽固的猫不得不让开了吧，不然的话……

没想到，黑猫一跃而起，既没有闪开也没有后退，而是冲着我直扑过来。它扑到我胸前抓着我的脸，一时间，除了它身上的黑色皮毛我什么也看不见。我踉跄着跌倒，摔在了楼梯上，还带倒了自行车。我的后脑勺儿猛撞在水泥楼板上，胳膊肘儿被粗糙的墙壁擦破了。那只猫到底还是让我慌了心神，它黄色的眼睛死死地盯着我，爪子抓破了我身上的雨衣和外套，还刺破了我的皮肤。它那身黑色的皮毛差不多挡住了我全部视线，我只能看到它身后铅灰色的天空，大滴大滴冰冷的雨水打在我身上。

它举起爪子，露出锋利的指甲。这种时候我竟然还注意到，那指甲是由乳白色渐变到蓝灰色的。

“别，”我喃喃哀求道，“请别……”虽然我其实并不很清楚，我到底在害怕它可能会对我做什么。我的左臂压在身子底下，所以只能用右臂使劲推它。它的毛又湿又重，似乎不单是雨水淋的，它的身上带着一股海水的咸腥味儿，而我一点儿都推不动它。

说时迟，那时快。

它闪电般地抓了我的脸一下，我敢肯定眉心附近被抓破了，却只能手足无措地躺在那儿。

“克拉拉！这是怎么回事？你要迟到啦！”

妈妈在她的书房里喊道。我直愣愣地站在门厅，说不出话来，片刻之后她出来了。

“小妞儿，出什么事了？”

我摇摇头，事实上我全身都在颤抖。我的额头受了伤，伤口火烧火燎地刺痛，而且我仿佛依然能感觉到那只猫潮湿的身体压在我身上的重量，以及那股混杂着海藻味儿的血腥味道。

“是只猫，”我低声说着，“有只巨大的黑猫……”

我觉得妈妈不会相信我，我以为她会问我一大堆问题然后骂我胡说八道。我的意思是，毕竟，人有多大可能会被一只巨大的黑猫袭击呢？

但她没有，她只是盯着我看。

“哦，不！”她只说了这么一句话，然后就哭了出来。

这里我要解释一下，我妈妈可不是爱哭鬼，其实她平时很坚强。她是一位自由记者或者说自由撰稿人，也就是说，她给不同的报纸写文章获得收入。很多报纸都愿意采用她的文章，因为她真的是个好记者，很善于发掘故事。从我五岁起，爸爸就不和我们一起生活了，所以妈妈已经习惯了一切靠自己。

她很快停止了哭泣，找出急救箱，一边清理我额头和胳膊肘儿上的伤口，一边用耳朵和肩膀夹着手机打电话求医。

“目前您在候诊排序中位列第七……”听筒中隐隐传来自动应答音。妈妈气冲冲地扔下手机，从厨房找来一袋冻玉米和一块茶巾。

“给你，”她说，“拿这个压住伤口，我带你去看医生。”

“我的自行车还没锁呢。”我说。

“就别操心那个了。”她说，“换上干外套，我们还不知要等多久呢。”

这时她已然恢复了常态，变回了我那个做事总是游刃有余的妈妈，那个总是把我照顾得很好的妈妈。但我无法忘记那句无助的“哦，不！”，也无法忘记她在把这个妈妈面具戴回去之前脸上的神色。

她微张着嘴，唇色煞白，眼泪夺眶而出。

仿佛她的整个世界都崩溃了一样。

Chapter 2

第二章

发 烧

“这个药，用五天。”医生说着递给我妈妈一张青霉素的处方，“还有，克拉拉，答应我，以后千万别再逗猫了。”

“我没逗它。”我抗议道。我的头还疼着呢，感觉自己的脑袋像比平时大了一圈、热了几度似的。打的破伤风针让我胳膊疼，还有前额上的抓伤也一阵阵刺痛，而平时那么亲切友好的医生却把这一切说得都像是我的错，这可太不公平了。

“不，不，我不是这意思。”她说道，“不过我还是建议你，最近离猫远点儿。”她又抬头看了我妈妈一眼，“要是伤口开始红肿起泡就赶紧给我打电话，可别让她得了猫抓热。”

“猫抓热？”我妈妈问，“什么意思？”

“好多猫会携带一种叫作巴尔通体的致病菌，这种细菌会传染给人。不过青霉素足以遏制它，所以没什么可担心的。”

而我呢，确实不……好吧，不是特别担心。相比之下，我更怕那只魔鬼般可怕的怪猫会再次出现。

在回家的路上，我们在镇上的药房买了药，随后去了我们最喜欢的月神比萨店。

“双份芝士的夏威夷比萨怎么样？”妈妈问我。

“好的。”我说。虽说正是午餐时间，可我们还是打包带回家再吃。雨下个不停，而我像感冒了似的感觉全身都很沉重，不知道这么诱人的芝士能不能让我觉得好点儿，不过试试总是没错的。

毫无疑问，这一天我不用去上学了。尽管已经用碘酒和酒精给伤口消毒，医生也给我清理了伤口，还使用了青霉素，妈妈依然担心我会感染上巴尔通体菌。我们把比萨吃完，把桌子收拾干净，我就打算去自己房间玩儿电脑。但是妈妈让我待在她书房的空床上，她在一旁工作。她找了张毯子给我盖上，我觉得挺舒服的。我明白，她这是为了能好好照看我。

下午三点钟刚过，我收到一条短信，是奥斯卡发来的。“你今天怎么没来上学？”他问。我不知道要怎么回复，告诉他我被猫抓伤了而且有可能因此生病？这事解释起来有点儿复杂，所以我干脆只回复了“病了”二字。事实上我没有真的生病——至少目前还没有。

当天夜里我梦到了那只猫。就像真实世界中一样，它在半路上等着我。不过这回它没有攻击我，而是长长地伸了个懒腰，把大嘴咧得让我能看见它所有的牙齿。“现在你是我的了，”它那粉红的舌头舔着嘴唇，“我的，我的，我的……”

“妈妈？”

“怎么了，亲爱的？”她从床上一下子坐了起来，快得我都不确定她原先有没有睡着。

“妈妈，我觉得我发烧了……”

我感觉额头噔噔地跳着，四肢僵硬得好像不是自己的。妈妈打开床头灯，刺眼的光线让我头疼，我闭了会儿眼，不过这感觉也不好受，让我晕晕乎乎的，几乎站不直。

妈妈扶我躺在她床边，把手放在我额头上。“你烧起来了。”她说，“疼吗？”

“疼。”

“躺下，我去给值班医生打电话。”

不过值班医生不打算因为一个十二岁的女孩儿有点儿发烧就出诊。我闭着眼躺在床上，听妈妈和医生争论。虽然妈妈就坐在我旁边，我还是觉得她的声音就像从遥远的地方模模糊糊传来的似的。

“青霉素没有用，我刚刚告诉过你了。”她说，“她已

经烧到四十多度了！”

我就要迷迷糊糊地睡过去了，毕竟我躺在舒服又干净的床褥上，妈妈在身边陪着，周围萦绕着妈妈惯用的香波好闻的味道。但是我害怕再睡过去，那只猫还在那里，我能感觉到，它就在我的梦里等着我。

“你要喝点儿水吗？”

“不了，谢谢。”虽然我其实挺渴的，可我的喉咙火辣辣地疼，实在不想咽任何东西。

“我觉得你最好还是喝点儿什么吧，可乐？果汁？”

“那就来点儿果汁吧。”

妈妈把果汁递给我，然后回到厨房，我能听到她在做咖啡，她还拿着手机在和什么人打电话。

“我是米拉·阿斯克，很抱歉这么晚给你打电话，但我有非常重要的事要找我姐姐……”

然后她关上门，我听不到其他内容了。虽然我在发烧，可还是抑制不住好奇心。我早就知道妈妈有个姐姐，但我从没见过她，我也想不出来为什么妈妈要在凌晨两点钟联系她。也许她是个医生？不对，我突然想起来了，我的姨妈是个艺术家。有一次我们在商店橱窗中看到几幅栩栩如生的动物画作，明明白白写着“爱莎·阿斯克绘”，而且标价还挺贵的。“她也姓阿斯克。”我当时指着画作对妈妈说。那时候我年纪不大，大概也就是八九岁的样子。

“是啊，因为她是你姨妈。”妈妈说。不过她并没有买下那些作品。而当我问她为什么我们从来不去爱莎姨妈家玩儿，她只是喃喃着一些类似“你姨妈家住得太远了”之类的话，说得好像爱莎姨妈住在遥远的亚洲草原，而我们只能坐雪橇或是直升机才能去似的。

这就是我对我这位姨妈的全部了解。那么，妈妈到底有什么重要的事情一定要找她呢？

我太累了，实在没力气再思考这些了。可是我一闭上眼睛，就能听到那只猫在唱着：“我的，我的，我的……”于是我只好又把眼睛睁开，我觉得我大概是哭了，因为我已经筋疲力尽却不敢睡觉。

在紧闭的厨房门背后，妈妈越来越响的声音已经充满了怒气，我还是没法儿听清她说的所有话，只能听到些“必然的”和“我女儿的性命”之类的只言片语。

我的性命？我心里七上八下的，她觉得我要死了吗？我又不是护理中心里垂垂老矣的人，难道危险的细菌足以致我于死地吗？

“妈妈！”我大声喊，不过门关着，她没听到，她大概净忙着与电话那边的人争执了。

我坐起来，只觉得好像梆的一声，一只锤子砸在了我两眼之间，就在那只猫抓伤的地方。我呜咽了一声，这实在是太疼了，而且疼起来没完没了。

“妈妈？”

我从床上爬起来，此刻厨房门就像离我有几公里远似的，不过我最终还是挣扎到了那里。

“也许我不得不这样做，”妈妈说，“可我就是理解不了，你怎么能是这种态度，就在……”正说到这儿，她发现了我。

“小妞儿，赶紧坐下，你都要站不稳了。”她马上转过身去，可我已经看到了，她在哭，她又哭了。

身为母亲不应该哭啊，她应该成熟坚强，照顾好孩子。就像我一开始就说过的，我不够勇敢，不像奥斯卡，可我想即使是奥斯卡，身处我这样的境况也会害怕的。

“给我地址，”妈妈狠狠地说，“我会自己处理好其他的事情。”她用力在冰箱门上的记事本上潦草记下些什么，然后草草和电话另一端的人说了声再见。当她再次转向我时，已经擦干了眼泪，露出了非常符合母亲风度的微笑。

“小妞儿，看来我们又要开一段车了，你觉得怎么样？”

WILD WITCH

Chapter 3

第三章

蟾酥与蛇涎

我们在路上开了很长时间。妈妈在我们小小的蓝色汽车后座塞了许多枕头和羽绒被，所以我觉得还挺舒服，只是头一直晕晕乎乎的，耳朵里不停地嗡嗡叫，声音大得好像有只蚊子就在我耳朵里。“我的，我的，我的……”我打了个盹儿。我们一下子就把城市抛在了身后，不再有路灯和车水马龙的喧嚣，只剩下黑暗和偶尔经过的其他车辆的灯光。雨刮器在风挡玻璃上嘶叫着划来划去，雨水不断敲打着车顶。

“咱们能听听广播吗？拜托了。”我问，希望广播能驱散耳中的蚊子叫声。

“当然没问题，你觉得还好吗？”

“还好。”我说。

妈妈试着找到一个信号良好的波段，零星的播音和音乐断断续续，最终消失在一片噪音之中。

“恐怕这儿信号不好，”她说，“换个别的听听怎么样？”

“好的。”

她找了一张伊蕾克特拉的专辑，她知道我喜欢这个。

伊蕾克特拉清澈有力的声音在男低音的伴唱和打击乐伴奏下愈发鲜明。“奔向你心之所向，无论路途多么遥远。”她唱道，“妈妈总是告诉我，勇敢做你自己，不要随波逐流，寻觅你自己的梦想，只管去做你自己。”

我在后座躺着，静静地听。当我把精力集中于伊蕾克特拉的歌声而不是耳朵里的蚊子叫时，头疼似乎好了一点儿，我不禁在心里给自己点了个赞。

“妈妈？”

“怎么了，宝贝？”她换挡稍微加速，我能感觉出汽车正在爬坡。

“这个……这个病，会要人的命吗？”

她松开了油门，车几乎马上就慢了下来，可见山坡够陡的。然后她转过身看着我。

“克拉拉宝贝，你一定不能这么想！”她大声说，“我们马上就要到爱莎那里了，她会帮助我们。一切都会好起来的，好吗，宝贝？”

“好，”我含糊地说，“好的。”

但我这么说只是为了安慰她。车再次加速了，而在雨水与黑暗中穿行时，我脑子中只想着一件事——她并没有说“不会死”，她没说。

山路太过崎岖不平，车子一直颠簸摇摆着，妈妈只能慢慢地开。我决定坐起来，因为躺着会被颠上颠下的，太难受了。我从前排两个座椅之间向外看，试着判断我们到底在哪儿。车前灯照着陡峭的山壁、水洼和高高的湿草地，灯光不断闪烁着，整条路几乎成了一个又深又宽的谷，两旁的山壁有一两米高。我们穿过一片高高的黑云杉森林，虽然这时候雨已经停了，我也只能看见有限的几颗星星。

“我们快到了吗？”我问。

“还有九分钟，”妈妈说，“导航仪是这么说的，恐怕导航对这路也不熟。”她努力绕过一个坑。不过路况太糟了，汽车托底了，什么东西蹭了底盘。这样看来似乎靠直升机或者爱斯基摩犬也不是什么坏主意。

九分钟可不够，起码过了二十分钟，我们右转驶过一座小木桥，才从远处树木间的缝隙看到有灯光透出。

“肯定就是这儿了，”妈妈说，“我真是想不出还有谁会住在像是离文明世界这么遥远的地方。”

我们开车进了大门，穿过一片不大的空地，妈妈把车停在了两座房子之间。一辆黑色侧板、白色车顶的老式小汽车停在外面。两座房子都是茅草屋顶，墙壁不是用普通砖砌成的，而是那种在野外才能找到的石头，我记得可能是叫大卵石。一座房子中亮着灯。妈妈打开车门，我可以闻到湿土和云杉木柴燃烧的味道。

房子的入口有些像马厩的门，一个高个子梳着长辫子的驼背身影出现在我们面前——等等，她不是驼背——我又看出了羽毛、眼睛和翅膀，是只猫头鹰！那猫头鹰正盯着我们看，就好像我们是它的早餐似的。“进来，”这位架着猫头鹰的陌生女子说道，“让我看看我能做些什么。”看来这就是我的爱莎姨妈了。

爱莎姨妈在大厨房的柴炉里生起了火。要我说，这里不伦不类的，有点儿像车间又有点儿像客厅。火上烧着的一壶东西煮沸了，刺鼻的气味随着袅袅的蒸气喷薄而出。举目看去，书柜和橱柜里、所有目所能及的墙面和货架上不仅有书，还堆了一大堆瓶瓶罐罐、工具箱、篮子、报纸。后来我才知道，那里住着冬眠的刺猬和睡鼠。此外，还有两把不成对的椅子、两张长桌子，再加上一个木匠的工作台。两只石蜡灯散发出昏暗的光，这里连电视都没有。

我躺在破旧的沙发上，从闻到的味道看，大概有只狗是这里的常客。我在自己的羽绒服上又加了两床棉被，可还是觉得冷。爱莎姨妈对我很和气，不过对我妈妈就没那么客气了，起码我自己是这么觉得的。

“能睡的话就睡一会儿吧，”爱莎姨妈对我说，“你在这儿很安全，什么事都没有。”她的眼睛是棕色的，好像

秋天的落叶。不知为什么，我就觉得能相信她。

“那猫……”我低声说道。

“在我这儿没事，”她说，“我不同意，它就来不了。”

无须多说了，她已经知道了。我不知道她是怎么知道的，但我大大地松了一口气，她明白的。

不过当她和妈妈说话时，语气就完全不一样了——那声音尖锐刺耳。

“你该早点儿把她送来。”

“我怎么早？”妈妈说，“这是今天早晨出的事。”

“我知道，可她三月就满十二岁了，是不是？”

这不是什么难题，可妈妈顿了顿没有马上回答，本来我以为她也像我一样懵懂——这跟我的生日有什么关系？但当她回答时，我能听出，她一点儿也不糊涂，她既生气又害怕。

“她跟你不一样，”妈妈说，“她是个漂亮、聪明，而且正常的女孩儿。”

爱莎姨妈盯着妈妈看了一会儿。“我觉得现在不是争这个的时候。”她说，“第一步，我们得先退烧，好让孩子重新站起来。”

“对，拜托了。”我想着，快帮我赶走这该死的头疼。爱莎姨妈掀开盖子，从罐子里舀了一勺东西倒进杯子里。

“来，”她把杯子递给我，“有点儿苦，不过良药苦口利于病。”

“这是什么东西？”妈妈怀疑地问。

“蟾酥和蛇涎，”爱莎姨妈答道，“不然你以为呢？”我吓了一大跳，赶紧抬起头，可我看到她那棕色的眼睛里闪烁的光芒。

“别怕，”她安慰我说，“我只是吓唬你妈妈玩儿的，这是柳树皮和其他草药，帮青霉素起药效的。喝了它，我帮你按摩按摩脖子和脑袋，对你有好处。”

她没骗我，这药确实有效，不管它是癞蛤蟆的毒液还是别的什么东西吧。等我把药喝完，爱莎姨妈坐在沙发上，把我的头放在她的腿上，开始用手轻轻地抚触我的喉咙，从脖子一直按到头顶。这感觉太棒了，仿佛她的每一次抚慰都能把我的头疼赶走一点儿。当她给我按摩额头上的伤口时，那里虽然还肿着，却一点儿也不疼了。

她一边给我按着，一边哼着没有歌词的小调，节奏和曲调都挺奇怪，我以前从没听过，有时听起来她好像一次唱出了两个高低不同的音符。也不知为什么，这调子让我想到和风细雨，还有秋叶芳香。就在这时，门砰的一声关上了，我猛地睁开眼睛，这才意识到刚刚自己确实在安宁地闭目养神。

“妈妈！”

“她一会儿就回来。”爱莎姨妈说，“她不怎么喜欢草药和荒野之歌。”

“荒野之歌？”

“嘘——你想得太多了，我们可以以后再谈。”

这时我的头已经完全不疼了。当我入睡时，阴影中的怪猫也不见了。

WILD WITCH

Chapter 4

第四章
青山雀与“稻草人”

等我一觉醒来，已经不早了，可我还是觉得呼吸困难——一团又重又暖、毛茸茸的东西趴在我胸前冲着我的脸喘气。一睁眼，我就发现自己正和一条皱巴巴的白棕相间的斑点狗对视。

“嘿，”我低声说，“不好意思，你介不介意……”

“下来，汤普！”爱莎姨妈命令道。

那狗蛮不情愿地往下挪了挪。

“赶紧给我下来！”

它深深地哼了一声，喷出一股湿气。它滑落到地板上，我终于可以自由地呼吸了。

“不好意思，”爱莎姨妈说，“汤普情商比智商高，它根本不知道自己到底有多大。”

汤普热切地摇着的尾巴横扫过咖啡桌，爱莎姨妈不得不去抢救桌上的两只杯子，不过那只狗似乎没有注意到她的批评。我忍不住笑了，我很快就发现汤普是那种会招大多数人喜欢、至少不会惹人讨厌的动物。很明显，它就是一只快乐又可爱的大狗，它喜欢每个人，喜欢所有东西。它尤其喜欢那些愿意花时间陪它聊天而且会揉它那柔软的棕色耳朵的人。

“它是圣伯纳犬吗？”我问。

“我也不知道，这得问它的父母。”爱莎姨妈坦然地说，“是别人把它带到我这里来的。他们发现它的腿断了，它身上又没有芯片和标识，所以我也弄不清它是从哪里来的。现在它就住在这里。你感觉怎么样了？”

“挺好的。”我说。虽然有点儿意外，但这确实是实话，我感觉非常好，头不晕了，身上也不疼了。

“我妈妈呢？”

“她去外面找手机信号去了，你醒得比我们预料的早了一点儿。你需要上洗手间吗？”

我点了点头。突然，我感到很尴尬，独自一人在陌生的房子里和一个我不熟悉的女人待在一起。好吧，她是我姨妈。但即便如此，我已经是这么大的人了，却还穿着件旧的芝麻街睡衣，头发乱糟糟的，眉眼间带着四道猫爪抓出的伤痕。她会怎么看我呢？

不过看起来她倒不像是觉得我有什么奇怪的地方。话又说回来，她肩膀上架着猫头鹰走来走去的，哎，说到这里……

“那只猫头鹰呢？”

“图图？它在谷仓睡觉呢，它晚上更精神。稍等，我指给你洗手间。”

本来从炉子、石蜡灯以及没有电视这件事来看，我以为姨妈家的洗手间很可能就是个小土房，甚至就是地上挖道沟搭块木板。可幸运的是，它竟然就是个标准的洗手间，或者说差不多是个标准洗手间吧。我不得不拉一个挂在墙上的水箱的链子来冲洗——而不是按水箱按钮。我一下子明白了为什么这东西被称为“拉链马桶”。

我对着水槽上方的镜子端详自己。

在心情明媚的时候，我觉得自己的头发柔软光滑，是很好看的浅棕色，真不错。我的眼睛是棕色的，和妈妈一样——也和爱莎姨妈一样，这突然让我心中一动。我的鼻子和脸颊上有些雀斑，夏天时比冬天明显，不过不多。在那些美好的时候，我可以告诉自己，虽然我不像那些模特儿那么美，但我也很独特、很可爱。

可今天不是这样的日子。

现在，我那无趣的棕发软趴趴的，脸色那么苍白，雀斑看起来简直像苍蝇的粪便。虽然额头已经不再肿了，但那四条深红色的划痕让我看起来凶巴巴的。

“但愿这些能消得下去。”我喃喃自语道，小心翼翼地碰了碰它们。“嘀哩哩哩哩！”什么声音？我在周围转着寻找，发现窗台上一个薰衣草香皂的小纸盒里，一只青山雀正眨着闪亮的黑色眼睛看着我。它歪了歪头，又轻轻地叫了一声，然后张开小嘴，摇摇晃晃地期待着，好像等着我喂它。

“我可不是你妈妈。”我说。

“嘀哩哩哩哩！”

“别叫了，我都不知道拿什么喂你啊。”

“嘀哩哩哩哩！”青山雀的叫声急迫起来。

“别让它忽悠你。”爱莎姨妈站在门口说，“去年夏天它折断了翅膀，我就照顾它，不过它已经痊愈很久了，完全能自己觅食了，可它就是喜欢在这里享受。”她说着打开洗手间的窗户，用手指轻轻弹弹香皂盒。

“来吧，别闹了。”她命令道，“你的大餐在苹果树上挂着呢！”

“嘀哩哩哩哩……”青山雀怒气冲冲地拍着翅膀，飞出了窗户。

妈妈带着一身云杉和露珠的味道回来了，但是她看起来并不怎么高兴。她匆匆忙忙地把车收拾好，打算带我在早饭后马上离开。

“你能好起来真是太好了，亲爱的。”妈妈说。毫无疑问，她很高兴，也很放心。但即便如此，我还是觉得有些事情不太对劲。

“怎么了？”我问。

“没事，宝贝。你刷牙了吗？”

“刷了。妈妈，到底怎么了？”

她摇了摇头，“我就是有点儿紧张，这周真是够忙的。”

这可能确实也算个原因，不过她和爱莎姨妈之间肯定也有什么问题。

“我希望你知道你在做什么。”爱莎姨妈说。

“我当然知道，”妈妈严厉地说，“我选择了我的生活，而你选择了你的。”

“是的，”爱莎姨妈说。“但是克拉拉的呢？”

“谢谢你帮了她，”妈妈说，“但我们该走了。”

十五分钟之后，我们来到车上。我穿着睡衣和爱莎姨妈借给我的一件灰色羊毛套衫，妈妈还穿着我在深夜把她叫醒时的那件衣服，我们狼狈得跟两个疲惫的稻草人似的。但妈妈显然急于回家，汽车全力在碎石路上向前冲，爱莎姨妈和汤普站在院子里向我们挥手告别。哦，确切地说，是爱莎姨妈在挥手，而汤普在摇尾巴。

汽车拐进了树林，我就看不见他们了，我惊奇地发现这竟让我有些伤感。真是奇怪，真的，因为我和他们在一起还不到十二个小时，而且大部分时间都在睡觉。但我就是觉得难过，好像我就此失去了他们。

“我们能不能另找时间来看一下爱莎姨妈？”我说，

“也许还能再多待一会儿？”“也许吧。”妈妈说。但那是她作为母亲特有的语气，让我知道，她的意思是，不行。

Chapter 5

第五章

铅笔盒里的老鼠

“你怎么了？”

奥斯卡用手指指着我责备道，就像我独自一人去冒险而未邀他同行一样，这让他完全不能接受。确切地说，他不是指着我，而是指着我额头上的伤痕。虽然已经过去差不多一个星期了，但这些伤痕还是红肿得挺明显的。而今天是出了这事后妈妈第一天允许我上学。

“我被猫抓伤了。”我说，“我不想谈这件事。”

他乍一听想笑，我能看得出来，但后来有什么东西让他停下来了。

“你没事吧？”他表情非常严肃。

我看起来真的那么糟糕吗？我不再发烧了，但还是睡不着觉。

“我不是很确定。”我说，“我觉得很糟糕……但是……我好多了。”我想告诉他关于爱莎姨妈的事，但出于某种考虑我没有说。通常我们会和对方分享一切，奥斯卡是我最好的朋友。我们在还穿尿不湿的年纪就认识了，我们甚至还喝血酒结拜——这事是从书上学来的，那时候我们年纪太小，都觉得这挺酷的。有时别人取笑我们，说我们是男女朋友，奥斯卡总是害羞得满脸通红，甚至为这事和别人打过几场架。但总而言之，他一直是我的朋友。

他咬着嘴唇，可能不知道该说什么。他的金发像往常一样直愣愣地立着，脸颊和嘴角仿佛依然带着笑意，但是目光有些严肃。

“需要我帮你拿包吗？”他问。这样的奥斯卡真是太可爱了，可是他一这么干，别人又会瞎唱什么“克拉拉和奥斯卡在树下谈恋爱”之类的了。

“谢谢，”我说，“但我自己能行。我很好，真的。我现在只是睡得不太好而已。”

语文课上有个活动，要在课本的一章中寻找形容词。我们分为四个小组。我和约瑟芬尼一组，她总是努力想成为小组负责人。她立即把这一章分成四个部分，让我们分别去读她分配给我们的内容，而不是大家作为一个整体一起来讨论全部内容。

也没人真的去试图反对，我就更不会了。我在课堂上并不常说话，而约瑟芬尼总会让我觉得自己比平常更胆小愚蠢。她在练习本上做笔记的时候，似乎也在盯着我看。

“克拉拉，‘意外’不是形容词！如果你不知道自己在做什么，那你为什么不问问呢？”

“为什么我们不能一起找呢？”我意识到自己说话的时候脸颊羞得通红。

“因为按我的方法做，就会快得多！”她说。也许她是对的，但这就没意思了。

突然，约瑟芬尼发出一声令人毛骨悚然的尖叫，猛地从桌子旁跳开。

“老鼠！”她大声叫着，用颤抖的手指指着我。“老……老！鼠！”不是我夸大其词，她的尖叫声持续了好几秒钟。

没错，我面前课桌上打开着的铅笔盒里，有一只灰色的小老鼠。约瑟芬尼尖叫到一半，它就蹿过桌子，跳到我的左袖子里。

“约瑟芬尼，别叫了。”我们的老师埃里克说，“什么老鼠？”

“在那儿，”她说，双手朝着我这边摆着，“在克拉拉的铅笔盒里！”

“我没看见老鼠啊。”埃里克说。

“不，现在没了，可是……”

“有别人看见了吗？”埃里克问。我们组的另外两个成员马库斯和迪都摇了摇头。他们的注意力都被约瑟芬尼的尖叫吸引，没人看见老鼠。

我什么也没说。小老鼠温暖的小身体就趴在我的胳膊上。我甚至能感觉到它指甲尖尖的小爪子和腹部柔软的皮毛，但我仍然什么也没说。

“就是有老鼠！”约瑟芬尼坚持说。

埃里克弯下腰，看了看桌子底下。教室里的每个人也都马上这么做了，去检查地板和桌椅下面。

“哦，看，老……老鼠！”阿姆贾德用尖锐的声音模仿约瑟芬尼，其他人都笑了起来。

“好了好了，够了，阿姆贾德。大家都坐好。约瑟芬尼，就算刚才有老鼠，至少现在没有了。该干吗干吗，接着学习！”

在这堂课剩下的时间里，我就静静地坐着，把小老鼠藏在袖子里，我发现自己很难把注意力集中在形容词和副词之间的区别上了。除了不时地微微颤动外，小老鼠什么也没干，它几乎一动不动地待着。它没有试图再往我的胳膊上跑。很明显，它决定不再暴露自己，只是隐藏和等待。不知道为什么，我就由着它这样。下课时，我把书收拾好，尽量少动左臂，把书包背在肩上，把我的夹克从挂衣钩上拿下来。

“不把夹克穿上吗？”奥斯卡问，“我的意思是，你才刚受伤。”他会这么犹犹豫豫地说话可有点儿奇怪，但我知道他是在担心我。我四面看了看，约瑟芬尼不在，而埃里克也在远处和另一个老师说话呢。

“我袖子里有只老鼠。”我低声说。

“什么？”

“嘘——”

他盯着我看。“是驯养的宠物吗？”他说，“白色的那种？”

“不是。跟我来，我得弄清楚它要干什么。”

“你到底在说什么？”

“我知道我的话虽然听起来有点儿奇怪，但我确实是想知道它到底要干什么。这不是巧合，它先是藏在我的铅笔盒里，现在又藏在我的袖子里。”

奥斯卡笑了。“嘿，你就是挺奇怪嘛，”他说，“这没什么新鲜的。”

“我才没有，我正常得很。”我可能弱小、害羞、干巴巴，但我完全正常！或者说，起码在有只大猫袭击我，使我看起来像是用耙子和人打了一架之前，我都挺正常的。

“来吧，”他轻描淡写地说了一句，“我想看看那只老鼠。”

我们来到操场边的洗手间，几乎不会有人来这里，我小心翼翼地挽起袖子，把小老鼠露出来。

那就是一只普通的家鼠——灰色的皮毛，长长的鼻子，白色的胡须和闪亮的黑眼睛。它的两只前爪是粉红色的，看起来像一双小手。它没有逃跑，一点儿都没有要逃的意思。它就撑着后腿坐着，还皱了皱鼻子。

“太萌了，”奥斯卡说，“不过它肯定是别人的宠物，你看驯养得多好。”

“那不见得。”我说。

“肯定是，要是普通的老鼠早就跑了。”

“它有点儿毛病，”我说，“看它的鼻子。”

奥斯卡弯下腰想看得更清楚些。“是的，”他说，“它把自己弄伤了。”

我小心翼翼地把小老鼠捧到眼前，它四脚着地，用粉红色的小爪子轻轻抓了抓，然后就不动了。

奥斯卡是对的。小老鼠的鼻子旁边有些干了的血和脓，有根黑色的东西，那是一根刺——一根细细的灌木刺刺穿了小老鼠的上唇，卡在那里让它不能合上嘴。

“哦，可怜的小老鼠，”我低声说，“所以你才这么瘦吗？你不能吃东西吧？”我想都没想，就用指甲掐住了那根刺，把它拔了出来。

那小老鼠一声尖叫，用前爪反复擦了十几次鼻子，然后就顺着我的胳膊、肚子、裤腿一路溜了下来，安全着陆跳到了红色的地砖上。它又用后腿蹲了一会儿，伸出前爪揉了揉鼻子，像是挥手似的。

“再见，”我说，“照顾好自己。”

转瞬之间，那小老鼠像一道灰色的闪电般消失了。等它的身影消失在门槛与地板之间的缝隙中，奥斯卡的目光转回到我身上，使劲盯着我看。

“好吧，就这样你还觉得自己挺正常？”他说，“就当这事没发生过吧。”

WILD WITCH

Chapter 6

第六章

雾中“天使”

我和奥斯卡骑自行车放学回家。我们都住在木星花园，只是他住在木星街对面的街区，而我和妈妈住在能俯瞰水星街的老街区。这一片都是旧房子，高高的天花板，浴室很小。院子里有一片绿色的树林，还种植着栗树和紫丁香，十分美丽。据我妈妈说，我和奥斯卡的友谊，就开始于我们俩坐在院子里沙坑两端的那一眼对视，我们兴高采烈地飞快爬到一处，一起踢打沙子、玩儿塑料桶……奥斯卡的妈妈也是单亲妈妈，她叫玛琳，在市中心一个地方当律师。

通常我们是可以在自行车道上并排骑行的。而今天这天色灰蒙蒙的，雾气很大，我们骑过水坑，里面的水就溅了起来。骑到杰巴纳街的时候，前面就没有自行车道了，我只好跟在奥斯卡后面，旁边的汽车呼啸而过，溅了我们一腿泥。

“雾可够大的，是不是？”奥斯卡放慢车速，回头喊道。

确实，柏油路又湿又亮，冰冷的灰色薄雾弥漫在房屋之间，街道的空气跟糨糊似的，虽然才下午两点，街灯已经亮了。

“我们下来推着走吧，”我说，“我什么都看不见。”我们跳下自行车，在杰巴纳街的便道上推着走。

“我几乎看不到交通灯了。”奥斯卡说。

他说得对。我们不得不眯着眼睛去看人行横道上的信号灯是否是红色的，我们所能看到的只是雾中微弱的红光。当它变成绿色的时候，我们刚要过马路，怪事发生了。

人行道消失了。

我知道这听起来简直是岂有此理。但是当我们到达街道的另一边时，人行道就是不见了。我们的脚下是杂草和卵石。草长得很茂密，有脚踝那么高，像是好几个星期没修剪过的草坪似的。

我停了下来。

“奥斯卡……”

“怎么了？”他说。

“人行道哪儿去了？”

他一时也说不出什么，我俩就这么在那儿站着，除了我们两个人、我俩的自行车以及那些根本不该出现的杂草，我什么也看不见。

“也许，我们不小心闯进了别人的花园。”奥斯卡不确定地说。

“在杰巴纳街上？这条街上没有花园。”

“那我想我们一定是迷路了。”

灰色的雾气缓缓在我们身边盘旋。哪怕我们就站在一座房子对面，也看不到它的外墙，车辆的噪音也消失了，我们根本看不到雾中的行人和车辆。我感到一阵带着潮湿的诡异的刺痛爬上脖颈儿，好像有神秘的人站在我身后拍我的肩。可我转过身，只看到更浓重的雾而已。

突然一阵风把雾吹散，或者说，至少吹散了一部分。雾气中闪出一条路，一条上下左右都是雾气和杂草的隧道，有什么东西从远处沿着这条路向我走来。

来的根本不是人，因为没有人后背会长着几米高的翅膀。如果不算翅膀的话，她只比我高一点儿，不过看上去非常魁梧。她那翅膀合着，而且不像我想的那样是白色的，而是像猛禽的翅膀一样是棕灰相间的。她脸颊窄窄的，长着尖尖的鹰钩鼻子，眼中闪着花色的光芒——我看得很清楚，因为她正直勾勾地盯着我。

“女巫之子，”她口齿不清地嗤笑道，“翠碧之血。跟我走吧。”

我连想都没想，就向前迈了一步。当天使召唤你，你自然要跟她走。

她一定是天使吧。毕竟，她有翅膀啊。

可是突然，说时迟，那时快，电光石火间又接连发生了别的事。

有什么东西撞到我大腿上，把我绊倒了。我突然嗅出了那只巨大的怪猫身上所特有的湿海藻气味。那“天使”后退了几步，举起双手——那还是手吗？指甲是常人的两倍长，看起来分明更像是爪子。那只怪猫扑向了她。伴随着一片尖叫声，“天使”消失了。

就在这时，奥斯卡抓住我，把我拉到一边，我们一起摔倒在地，摔在自行车和人群中。

“当心！”他喊道。

迷雾中出现了一辆卡车。前大灯的光亮、刹车的嘶鸣，还有发动机的轰鸣以及散热器格栅的温度，一切的一切都混杂在我们的尖叫声中。我在虚弱与恐惧中，以最敏捷的身手滚到了一边。

最终，只剩下一片嘎吱作响的声音和一股橡胶烧焦的味道。

我躺在人行道上，背对着一座房子的水泥地基，奥斯卡横在我的腿上。那辆卡车的引擎盖近在咫尺，巨大的前轮把我们的自行车轧得粉碎。

司机打开驾驶室的门跳了出来，他戴着安全帽，脸色苍白得像死人一样。

“怎么了怎么了？”他问，“你没事吧？雾太大了，我没有见到你，刚才……最后才看见。你真的没事吧？”

"天使"不见了，猫不见了，隧道也不见了，雾气渐渐消散。

我试着活动活动，确认我的胳膊腿都还在，也都还能动。嗯，没什么问题。可奥斯卡，奥斯卡一动不动地躺着。

"奥斯卡？"我低低地唤了一声，然后忍不住大叫，"奥斯卡！"

"好了！好了！"他说，暴躁得像是我在叫他起床去上学。

"哎哟……哎哟……我的头疼得要命！"

他半坐起来，我看到他的额头受了伤，可能是在墙上或者人行道上撞到了，但他至少还能坐起来，还能看着我说话。

这时已经有不少人聚集到这里了。一位穿着绿色宽松大衣的老太太拿出手机拨打急救电话。

"喂？急救中心吗？赶紧来辆救护车，杰巴纳街和韦斯特街交叉口这儿出了交通事故……"

奥斯卡住院了，说是脑震荡。我运气不错，可以回家了，就是胳膊肘儿又擦了块新伤。我跌坐在与那只怪猫邂逅的楼梯间，我倒是没脑震荡，可我内心世界的一切都震荡了。

我曾见过“天使”。我曾濒临死境。这两件事有联系吗？那怪猫攻击“天使”时，“天使”是来接我的吗？她叫我什么来着？女巫之子？还跟什么血有关似的？

对于局外人来说，事情很简单：在放学回家的路上，一个男孩儿和一个女孩儿一起迷路了。幸运的是，卡车司机及时刹车。男孩儿撞破了头，女孩儿安然无恙。故事结束。

但这其实只是故事的一半。“天使”、怪猫还有变得杂草丛生的人行道……警方的报告不会提及这些，因为我是唯一的见证人，甚至连奥斯卡也没有看到全部。他确实见到了草丛，但没见到“天使”和猫。他怎么会看不到差不多有四米高的东西呢？我一点儿也搞不懂。

我妈妈通知了奥斯卡的妈妈玛琳，告诉她，医院会留奥斯卡住一夜，但他挺好的，再有个一两天差不多就能出院。

“他救了我的命。”我说。大声说出这话，听起来很戏剧性，但这就是事实。如果他没有把我拉到一边，卡车会撞到我的。那“天使”也许就会得到我的灵魂，或者其他什么她想要的东西。

“你给我想想你当时到底是往哪儿走的！”妈妈又开始对我大喊大叫，因为她太伤心了，“你难道不知道遵守交通规则吗？！”

“妈妈……”

“唉，对不起，克拉拉宝贝。我知道有雾，但我想你应该注意安全……”

这话她起码说了有十次了。我太累了，我开始抽泣，拼命眨着眼想控制住眼泪，但很显然我失败了。

“我没有乱走！不是我的错！”现在我实在受不了她再教育我了，“发生了……发生了什么我也不知道。有个天使，她叫我女巫之子……”

妈妈愣住了，她手里还拿着手机。

“谁？谁叫的？”她问。

“她，天使。但是我是唯一看见她的人，奥斯卡什么都没看见，他也没有看见猫……”

我把一切一吐为快，什么浓雾中的隧道、变成草丛的人行道、巨大的翅膀和嘶哑的声音，还有猫的尖叫和海藻的气味。

妈妈一直没有插话，她就坐在厨房的桌子旁，听我把一切说完。直到我讲到救护车把奥斯卡拉走，妈妈猛地搂住我，嘴里喃喃地说：“只好如此了。”

“什么？”我问。

“我们得度个短假，就你和我，去你爱莎姨妈那儿。”

WILD WITCH

Chapter 7

第七章

荒野女巫的自卫

“地方有点儿小，”爱莎姨妈说，“不过收拾收拾肯定也能住。”

她站在阁楼里四处张望，好像只要她盯着这些装着大堆衣服的箱子，它们就能自动收拾好似的。

“我来就行，”妈妈说，“你就告诉我把东西放哪儿吧。”

“都放马厩的阁楼上就行。”爱莎姨妈答道。

“我不能像上次那样睡沙发吗？”我抗议。

“汤普得睡那儿，”爱莎姨妈边说边在倾斜的天花板下给旧铁床掸着灰，“你得有自己的房间。”

这听起来……像是我会在这儿长住啊，而不像妈妈当初说的，只是度个小短假。

两个星期以前，我还没有见过我的这位姨妈。而现在，我要在她家里有自己的房间了。我已经明白，肯定是有什么怪事——猫、“天使”和雾这些，但这到底是怎么回事？

“有人能告诉我到底发生了什么事吗？”我恳求她们。

妈妈和爱莎姨妈对视着，妈妈缓缓地、勉为其难地点了点头。

“你来说吧，你来说比我说要好。”妈妈的目光躲闪着，似乎感到羞愧。爱莎姨妈皱着眉头。

“你从什么时候想起……”爱莎姨妈开始说，但后来她停了停，“不，我们还是等会儿再说。来，克拉拉，咱们喝杯茶，然后我会回答你的问题。”

就这样，妈妈去收拾阁楼，而我和爱莎姨妈坐在厨房角落里那张铺着格子台布的小桌子旁，喝着茶。虽然我们没邀请汤普，可它还是非挤在桌脚之间待着。水槽旁的窗台上，一只黑鸟舒舒服服地依偎在一个铺满碎报纸的鞋盒里，它用漆黑的眼珠看了看我们，静静地梳理它的翅膀。

“你想知道什么？”爱莎姨妈开始问。

大概有那么一百万件事，我想着，但是哪件是最重要的？

“我要死了吗？”在还没想好是否要大声说出来之前，我突然爆发了。

爱莎姨妈的眉毛一扬，额头上挤出几道皱纹。

“你为什么会这么想？”她说。

“因为……起初有怪猫和细菌要杀我。然后昨天那个天使来接我，奥斯卡和我差点儿被一辆卡车碾到。”

“天使长什么样？”爱莎姨妈满脸凝重地问。

“很大，”我试着描述，“确切地说，她的翅膀很大，特别大。那翅膀不是白色的，更像是棕色的，还带着灰色条纹。她有一双黄色的眼睛。我可不觉得天使会有那样的眼睛。”

爱莎姨妈闭上眼睛。等睁开眼睛时，她看了我很长时间，令我觉得非常不舒服。

“那不是天使。”她最后说。

“那是什么？”

“她曾经是荒野巫师，至于她现在是什么……恐怕连她自己都答不上来了。”

石蜡灯里的火焰闪也不闪，也没有什么冰冷的寒气穿房而过，但我就是觉得这厨房好像一下子越来越暗，越来越冷。

“她是谁？”我用一种比平常更小的声音问。

“她称自己为奇美拉。出了这间屋子，永远不要说她的名字，在任何地方都不要，她已经很容易找到你了。”

“找我？她找我干什么？”

爱莎姨妈伸出手轻轻地抚摸着我的脸颊，“我不知道，克拉拉。但我们必须确保，不能让她得到你。”

爱莎姨妈叫我穿上外套和靴子，我们出门沿着碎石路走着，穿过小溪，来到大门口。

“只能到这儿。”她指着地上的三块白石头说，“除非我和你在一起，否则你绝对不能再往外走了。”

“为什么？”我问。

“因为如果你越过我的荒野风篱，我就不能保护你了。”

“什么是荒野风篱？”

“就是一个荒野巫师所能保护到的区域界线。”

这是她第二次提到这个词了——荒野巫师。黄昏下，我看着我的姨妈。我们一出门，图图就跟着我们飞出来，停在她的肩头。她穿着普通的雨衣，戴着旧的黄雨帽，把她棕色的发辫藏在领子里，让我看不到。

“你是个女巫？”我问。显然，这已经毫无疑问。

“一位荒野女巫，”她说，仿佛这是这个世界上最自然的事情，“我关怀大自然的一切，以回报它们对我的关怀。”汤普摇着尾巴，图图在她黄色的帽檐儿上擦了擦嘴。

“但是你说奇美拉也是荒野女巫……”

“不，我说的是她曾经是。她很久以前就违背了荒野世界的誓言。现在她只想索取，根本不想回报。”

我想起了那个像天使的生物，她那黄色的眼睛，她那张锐利的脸，想起她说的“跟我走吧，女巫之子”。

“为什么……她想要我跟她走？”

爱莎姨妈摇了摇头，“我不知道，克拉拉。”

“她叫我女巫之子，”我说，“但是妈妈……妈妈不是女巫。”

“嗯，她不是，你妈妈拼命地希望一切都正常而普通，但世界不是那样的。”爱莎姨妈微微抬起头，看着我，眯起眼睛。我能感觉到她的凝视，就好像她在用手电筒照着我的脸似的。“克拉拉……如果我告诉你，我认为你是一位荒野女巫，或者说如果你愿意的话，你可以成为一位荒野女巫，你会不会很难过？”

图图静静地拍打着翅膀，我盯着它那银白色的翅膀，这样我就不用去直视我的姨妈了。“但我不知道那是什么意思。”我最后说，“我要住在森林洞穴里吗？我还能有朋友吗？”

“你当然能有朋友，”爱莎姨妈说，“只是有些朋友会披着羽毛或毛皮而已。”

我摇摇头，“倒不是说我不喜欢动物……”

“你需要有一些会把便便留在地板上或者经常咀嚼老鼠骨头的朋友。别担心，你也会遇到别人的，也许明天就会呢。克拉拉，你不必像我一样生活，也不必有任何什么其他地方像我。但是你必须学习足够的东西，这样你至少可以照顾好自己。”

“我该怎么做？”

“我们从明天开始荒野女巫自卫第一课。”

我们回来时，妈妈已经把阁楼打扫干净了。她点燃了煤油灯，把羽绒被、枕头和一床褪色的旧格子被套放在铺着黑白红玫瑰图案床单的床上。倾斜的天花板、小小的圆形窗户和地板上的粉红色拖布，使这个房间看起来非常温馨舒适。但是里面只有一张床。

“你要去哪儿睡觉？”我问她。

妈妈坐在床上，轻轻拍了拍被子，“亲爱的克拉拉，来，坐一会儿。”

她用那种“我们需要谈一谈”的语气对我说。我那从我差点儿和奥斯卡一起被碾死那天起就拧成一团的胃，现在变得更僵硬了。

“怎么？”我问。

“我得回城里去。”妈妈说。

现在我的胃完全结成了一整块，向上顶着，压碎了我的心；向下挤着，让我想跑去洗手间。

“可你不能这么做。”我低声说。不知怎的，这件事让我觉得比其他所有事情加在一起还要糟糕。我可能和我姨妈一样是个荒野女巫，我短短一个星期内两次与死亡擦肩而过，那怪猫要害我，那不是天使的东西要害我，连爱莎姨妈都挺可怕的——只有在妈妈身边我才能应付这些。

“我不得不这样做。”妈妈说。

“你就不能在这里工作吗？你在这附近肯定也能上互联网……”

“不是工作的问题，克拉拉，你怎么会这么想？你比我愚蠢的工作重要得多。”她看上去既冷酷又可怜。

“那是为什么？”

她没有回答。她只是搂着我的肩膀，轻轻地捏了我一下。“克拉拉，我们别无选择。”她说，“我知道这太可怕了，我才应该是照顾你的人，而不是爱莎。但我保护不了你，我对抗不了这一切，我做不到她能做的事情。”

“但是我要在这里待多久？”

“待到爱莎说你能安全回家为止。”

也许是当我通过荒野女巫自卫第一课的时候吧——不管那到底是什么。

“但是如果我不想呢？”

“亲爱的克拉拉，你必须这样做。听我说，你必须向我保证，你去做爱莎姨妈让你做的一切。如果……如果还有别的办法，你认为我会把你留在这里吗？而且你不会在这里待很长时间的。”

“那到底多长时间？”

“也许几个星期吧，如果你真的很努力的话。”

“然后一切就都会像以前那样？我可以再回家吗？”

“当然。”

几个星期，我想我能应付得了。

“好吧，”我说，“我听你的。”

“我很高兴，我的宝贝。”她吻了吻我的头发。

我们刚吃过饭，妈妈就走了。那天晚上，我第一次睡在有着斜面天花板的阁楼房里，外面风在树间吟唱，雨点轻轻地打在小圆窗上。

WILD WITCH

Chapter 8

第八章

跳跃的跳蚤

我从满是疯狂怪异的梦境中迷惑地醒来，房间很冷，比我家带暖气的卧室冷多了。我并不怎么想离开温暖的被窝儿，不过我要去洗手间，肚子也饿得咕咕叫。我伸手去拿毛衣和牛仔裤，在羽绒被底下穿好后才起床。

走到楼梯口时，我听到了从厨房传来的声音。我很兴奋，以为妈妈回来了，但马上就意识到我从没听过这个声音，那声音比妈妈的更轻、更年轻，而且口音听上去也很陌生。

“她要在这里待多久？”

“我不知道，卡赫拉。”爱莎姨妈说，“这取决于她学得有多快。”

“那我真希望她能学得快点儿，那她就不至于每次见到比家鼠大的东西都吓得尿裤子了。”

“卡赫拉！”

“我只是说出实话。”

“不，你只是在说出你的观点。如果你想成为一名真正的荒野女巫，你必须懂得同情和礼貌！”

我站在厨房门外，不想进去。这个卡赫拉，她恨我。

她还没见过我，就已经下定决心不喜欢我。她显然认为我是个愚蠢又可笑的小东西。

我知道我不该把这样的话放在心上，也许我是疯了，但这就是我现在的状态。有人这样想我，而我好像真成了个愚蠢又可笑的小东西，我什么都做不了，我甚至打不开厨房的门。

“克拉拉？”爱莎姨妈突然说，“你怎么不进来呢？”

她没看见我，但可能听到了我的声音，无论如何，她已经知道我在那里了。我推开门，很庆幸自己已经穿好了衣服。我的头发油乎乎、乱七八糟的，这可真是糟透了。但至少我没再穿着那件已经短得不合身的芝麻街睡衣，也没有赤脚站在冰冷的地上。

“嗨。”我打招呼。

汤普的尾巴快乐地摇着，但可能是时间太早了，它也有点儿烦。爱莎姨妈微笑地看着我，而那个叫卡赫拉的女孩儿给了我一个无比黑暗暴躁的眼神，像是要把我钉死在原地。

“早上好，克拉拉。卡赫拉，这是克拉拉，我的外甥女。克拉拉，这是卡赫拉米德拉·米拉肯达，她是我的学生。”

卡赫拉个子不高，像个圆圆的雪人，倒不是说她胖，而是因为她被包裹在层层叠叠的衣服里。如果被推倒在地，她看上去可以轱辘起来似的。即使在室内，她也戴着一顶有印加风格针织耳郭的绒线帽，帽子顶有颗小绒球。她身披层层叠叠的围巾，穿着厚厚的羊毛套衫、背心、裤子、裙子、毡靴子，这些衣服将她裹成毛茸茸的一团。她全身五彩缤纷比彩虹还花哨，有些颜色都叫不出名字来。绒线帽子下露出她乌黑的头发，她的皮肤基本上被几层彩色羊毛衣服裹严实了，微微露出的那一点点肌肤带着温暖的肉桂色。

“你好。”我含混地说。

“你好。”她说。

这就是所有我们能想出来的话。如果卡赫拉就是那个我姨妈说的需要经常咀嚼老鼠骨头的朋友……哦，那我大概还要花更长的时间去等别的朋友。

我们在偷看对方粥碗的紧张沉默中吃完了早餐，爱莎姨妈看看我又看看卡赫拉，谢天谢地，她没有为了打破僵局而让我和卡赫拉聊聊。我们把碗和锅泡进水槽里后，爱莎姨妈带我们来到户外。已经十一月了，天气很冷，还在下雨。我和卡赫拉跟着爱莎姨妈登上房子后面的小山，汤普一直摇着尾巴跟着，它肯定觉得这是场有趣的冒险。我倒没那么大兴趣，地面又湿又黏，我脚下滑了好几次，还狠摔了一跤，把膝盖上弄得都是泥。我偷偷瞥了一眼卡赫拉，她虽然穿了那么多层衣服，但还是敏捷地在小路上蹦跳着。我根本想不出来她还能穿上更多的衣服，可她在出门前居然又加了件粉红色的棉袄和一条红色的围巾，又缠了一条印加条纹围巾，戴上了一双带有红色心形图案的亮黄色手套。即使这样，她竟然还能走路，这可真是奇迹。

爱莎姨妈停在半山坡上，指着一堆杂乱的树枝和腐烂的树叶。

“你们有谁能告诉我这是怎么回事吗？”她说。

“有只狗或者狐狸挖的。”卡赫拉马上说。她弯下身来研究地面。“不是狐狸，”她接着说，“爪印太大了。可能是狗闻到了刺猬的气味，就想把它挖出来。现在刺猬的冬季藏身之处被破坏了。愚蠢的狗。”

汤普露出紧张的神情。

“知道不是你，”卡赫拉说，她抚摸着它的头，“你永远也不会做这种事的，是不是？”

卡赫拉怎么能看出这些？那只是一堆树枝和一个空空如也的洞，里面只有一点儿枯草。我仔细观察，可以看出一些狗挖过的划痕，但她是怎么知道其他事情的呢？

“是的，”爱莎姨妈说，“好了，卡赫拉，那现在你能找到刺猬吗？”

卡赫拉闭了一会儿眼睛，然后她开始哼起了没有歌词的小调，好像她一次唱出了两个高低不同的音符，这使我想起了爱莎姨妈在给我治疗头疼时哼的调子。卡赫拉慢慢转过身来，就像在做雷达扫描，然后她突然指着山下马厩的右侧。

“那里，”她说，“不远处，也就二三十步。”她说着开始在灌木丛中穿行，爱莎姨妈和我也绕过各种磕磕绊绊跟在她身后。

真有一只刺猬，恰好就在她说的那个地方。它蜷缩在灌木丛中，但我可以看出这不是个太好的藏身之处，没有温暖干燥的草窝，这些灌木的枝条也不像那些树枝能覆盖得那么好。

“它在这儿没法儿活，”卡赫拉悄悄地说，“你要我们把它带回家吗？”

“是的，”爱莎姨妈说，“但首先我们得解决一个小问题。”

“什么？”卡赫拉问。

爱莎姨妈笑了。“猎跳蚤，”她说，“这就是今天的课程。”

起初，卡赫拉面露怀疑。然后，她那乌黑的眼睛里闪现出愤怒的光芒。

“跳蚤？”她说，“你想让我们把时间浪费在跳蚤身上？”

爱莎姨妈点了点头，根本没去注意卡赫拉脸上的神情。

“跳蚤也是大自然的一部分，”爱莎姨妈说，“但这并不意味着我想把它们放在我的房子里。”她从篮子里拿出一块白色茶巾，放在地上，然后小心翼翼地捡起刺猬，把它放在茶巾中央。她闭了一会儿眼睛，哼了几个音符。起初我并不认为真会有什么事情发生，但后来我看到了：刺猬周围的白色织物上出现了十几个小黑点。我盯着刺猬看，又有四五只跳蚤从刺猬的身体跳到了茶巾上。

爱莎姨妈把刺猬装进篮子里。

“轮到你们了。”她说，“卡赫拉，你先来。你来指挥茶巾左侧的那些跳蚤，只有那些！”

卡赫拉隔着手套揉了揉鼻子，“我不能指挥所有的跳蚤吗？”

“不，这个任务要求精确性。来吧。”

卡赫拉无须他人指点。她像我姨妈一样，闭上眼睛，开始吟唱。

不久，那些跳蚤不再随意散落，而是像士兵一样排成队，向茶巾边缘一蹦一跳地前进。

我惊诧地盯着眼前的一切，然后眨了眨眼睛，再盯着看。

但不管我怎么眨眼，跳蚤们还是步调一致地继续前进，排成一条直线。

“停。”爱莎姨妈说。

卡赫拉睁开眼睛。“什么？”她说，“怎么了？”

“你让它们全都动起来了，可我只让你指挥其中一半，谢谢。”

卡赫拉皱了皱眉头。“但是它们太小了，”她沮丧地说，“我分不清它们！”

“试试看。”

卡赫拉显然不怎么高兴，但她什么也没说。她又揉了揉鼻子，跳蚤的队伍散了，又一次散落在茶巾上。卡赫拉闭上了眼睛，哼出几个音符，这次音色更加纯净，但音调不变，跳蚤又一次排成一条线。卡赫拉握紧了拳头，咬着嘴唇，她突然喘不上气来了。紧接着一个小黑点从队伍中分离出来，跳出茶巾，然后一个接一个，直到十八只跳蚤中的九只跳出茶巾，消失在森林中。

“很好。”爱莎姨妈称赞道，“我告诉过你，你可以做到的。”

卡赫拉一直沉着的脸上终于浮现出笑容，这是这个早上我第一次看到她笑，她连眼睛深处都带着笑意。

“我做到了！”她说，“我把它们分开了！”

“是的，你做到了。现在轮到克拉拉了。”

我盯着茶巾上剩下的九只跳蚤。这太荒唐了。如果我不是亲眼见到卡赫拉做到了，我会说这是不可能的。我很确定，我办不到。

“请你再唱一遍那首歌好吗？”我想要争取时间，“我没听清楚……”

“这不是歌，”爱莎姨妈说，“这只是让你更加集中注意力的一种方法。如果你不想唱歌，就不必唱。”

“可怎么才能……”

卡赫拉翻了个白眼。“你上的是哪所学校？”她哼了一声。

“卡赫拉，安静。”爱莎姨妈说，“这对克拉拉来说是全新的东西。克拉拉，先闭上你的眼睛。”

好吧，至少这个我能做到。我闭上了眼睛。

“你能听到越来越大的声音吗？”

我仔细聆听。是的，树间的鸣响声似乎真的更大了。我还能听到卡赫拉脚下踩断一根树枝的声音。还有，那是躺在篮子里的小刺猬在抽鼻子吗？

“然后，捂住耳朵，不要去听。”

“那会发生什么？”

“那样你可能会有一些特别的感受。继续，试一试。”

我用手指堵住耳朵。树林一片静谧。起初，我只能听到自己身体的声音，但是……突然，我可以闻到森林地面那种浓烈的潮湿气息，那是秋雨和刺猬的味道。是的，我能闻到刺猬的气味！

我又睁开了眼睛。

“哇，”我说，“这有点儿像狗。”

“只是你会比狗灵敏几千倍。”爱莎姨妈说，“现在我们再试试别的。闭上眼睛，我捂住你的耳朵，你自己捏住鼻子。”

“会发生什么呢？”

“先做，做了就知道了。”

我站在那儿，什么也看不见，什么也听不见，什么也闻不到。我能感觉到我的皮肤和脚下土壤的寒冷，能尝到自己的唾液，就这些。

“什么也没发生。”我说。

“别停下来。”爱莎姨妈说着把温暖的手放在我的耳朵上，隔绝了所有的噪音。

“不要停。”

我吓了一跳。尽管我不可能听见她的声音，可我就是听到了。突然，我听到了万物生长的嘈杂声音，那是生命之音——生机勃勃的啁啾、呱呱叫、打闹、成长、坠落、飞翔、咆哮、狂吠还有冒泡。我头晕目眩，无法再保持平衡。

“闭嘴，”我尖叫起来，“走开！”

“走开！走开！走开！”我在脑海里大声呼喊，周围的一切都在摇摆和旋转。我摔倒了，撞到柔软潮湿的地上，滚下山坡。我嘴里净是腐烂的叶子，牙齿间还有泥土。

之后，万籁俱寂。我靠在一棵桦树上，只能听见风声和自己的喘息声。然后，森林热闹得像炸了锅似的。

汤普飞驰下山，在它后面跟着老鼠、雪蟾、甲虫、松鼠、蠓、千足虫、飞蛾……无数鸟儿腾空而起，大山雀、乌鸦、松鸦和麻雀，它们都在奔逃。刺猬愤怒地在卡赫拉的篮子里左冲右撞，想要逃离。

爱莎姨妈很快站起来开始吟唱。这次她哼了一段响亮而温暖的调子，制止了恐慌的踩踏奔逃。鸟兽们都安静下来，白嘴鸦在我们的头顶上盘旋告别，装刺猬的篮子也停止了摇摆。

我坐在潮湿的土地上，大口喘着粗气。

我……

我做到了。

它们从我身边跑开了，因为我让它们走开。

那本来是不可能的，然而它却发生了。这不是自欺欺人，也不是偶然巧合。这是真的。

爱莎姨妈拉着我的手，扶我站稳。

“这是……这是你要我做的吗？”我问。

“这个嘛……”爱莎姨妈瞥了一眼那片已然荒凉的小山，“好吧，至少跳蚤已经不见了……”

WILD WITCH

Chapter 9

第九章

荒野之路

“你在哪儿？”奥斯卡问道。

我的耳朵里有什么声音在嘶鸣，他的声音听起来像是从很遥远的地方传来的。不过话说回来，他本来也在很遥远的地方。

“在我姨妈家。”我叹了口气。

我坐在山顶的石墙上，这是爱莎姨妈家荒野风篱的北方边界。它实际上是唯一一个能收到移动信号的地方。严格说来，在上这儿来之前我应该征求姨妈的同意，但我不想让她听到我和奥斯卡的对话。此外，我基本上还是在荒野风篱的边界之内。

不会出什么差错的，是不是？

“那你是在度假吗？”奥斯卡问。

“嗯，差不多吧，我想是的。”这真是我度过的最奇异的假期，“你现在出院了吗？”

“我前天就回家了。我的头还在疼，尤其是在打游戏的时候，但医生说一切会好的。”

“那太好了。”

我非常想告诉他我是多么想念他，但我没有。要是说想念哪个男孩儿，就好像说他是我的男朋友似的，是吧？

我能听到背景中的噪音，有通话的嗡嗡声，还有楼梯传来的脚步声。奥斯卡那只名叫武弗的拉布拉多犬，兴奋又激动地叫着，这意味着他家中有访客，我能听见奥斯卡的妈妈在跟别人说话。

“马格纳斯和可丽舍在这儿，”奥斯卡说，“我们要做爆米花了。我过后再打给你，好吗？”

我听出他要挂断电话了。

“不，不行，”我说，“你得等我给你打电话。”

“为什么？”

“因为这里没有信号，除非我走到我现在坐的这座山上。”

“你姨妈住哪儿啊？难道是什么遥远的秘境？”

“你猜错了一半。”

“好吧，我给你发短信。回头见。”

他挂断了。我莫名地羡慕可丽舍和马格纳斯能坐在他家的沙发上或是地板的垫子上，和他一起享用爆米花和看电视。

“遥远的秘境，”我低声自言自语，“可不是嘛。”

我走下山来。卡赫拉已经回家了，她爸爸把她接走的。我到这儿的三天来一直这样，每天早晨她爸爸都要把她送到门口，下午再把她接回去。他们从不开车，只是步行，所以我猜他们大概就住在附近。

我从屋外看到爱莎姨妈点了一盏灯，坐在大桌子旁画画儿，一只胖胖的灰色鸭子在桌子上蹒跚踱步，这大概就是画作的模特儿了。爱莎姨妈曾告诉我，鸭子图案的卡片卖得不错。看起来，即使是荒野巫师，也得不时地赚点儿真正的钱。

我没有进屋。爱莎姨妈大概以为我出去照顾星辰了，于是我决定现在就去。在所有住在爱莎姨妈家的动物中，除了汤普，我最喜欢的就是星辰了。它是一匹结实的圆背小母马，看上去也不是什么纯种马，但是性情温和，强壮有力。它有四条结实的腿和浓密的鬃毛，这表明它有一点儿峡湾马的血统。

它在田间小溪边的高树间散步，等我叫它时，它抬起头来向我打招呼，快乐地嘶鸣着朝大门小跑过来。它的腹部和胸部沾满了泥巴，它那金褐色的冬季鬃头被雨水弄得暗淡无光。

“来吧，小母马，让我帮你擦擦。”我说。它高高兴兴地跟着我走进马厩。我把它的缰绳拴在墙上的一个圆环上，然后把它擦干，把它身上脏兮兮的泥都刷掉。这时一只山羊走了过来，和星辰打了个招呼，星辰低下头哼了一声算是回应。爱莎姨妈说过，因为这里没有别的马，所以星辰和她收养的羊群一直保持良好的关系，它们虽然习性不同，但相处得很好。这可比我和卡赫拉强多了，我不知道她为什么总对我声色俱厉、怒气冲冲。要是她能稍微友好一点儿，这儿的日子可就有趣多了，我也不至于那么孤单。

为马梳洗使我高兴起来。就在一年前，我还一直在市政厅公园附近的一所骑术学校上骑术课，直到消防当局决定关闭它，把骑术学校搬到城里去。这意味着我得赶两趟公共汽车，花上一个多小时才能到达那里。所以现在，我只在妈妈有时间开车捎我去那里的时候才去。我非常想念那些马和一起骑马的朋友们，特别是米娅、劳拉和安妮，还有那匹我骑过的名叫魔法的马，我甚至曾让它和我一起参加俱乐部活动。星辰可能不是一匹受过良好训练的赛马，如果让它自由地小跑或跳过障碍物，它可能会摔倒。但它的嘴温暖又柔软，它还有一双友好的眼睛，所以说它至少有马的特质。有这样一匹马和一小群山羊，绝对比什么都没有强。

当我试图刷掉星辰的黑色马尾上的泥的时候，我有一种奇怪的感觉。我抬头看了看，图图正坐在我头上的一根横梁上，但它并不是在监视我。它焦急地拍打着翅膀，把头转了个三百六十度的圈，这只有猫头鹰才能做到。然后它突然飞了起来，掠过星辰和我的头。

我的心跳顿时停了一下。星辰哼了一声，摇了摇头。一只山羊紧张地咩咩叫起来。

“克拉拉！”爱莎姨妈用尖锐而坚定的声音喊道，“回屋，现在！”

我还没给星辰刷完尾巴上的泥呢，也还没给它添加新鲜的干草呢。但是爱莎姨妈的语气里蕴含的一些东西，让我把刷子放在燕麦盒子上，马上离开马厩。

院子中几乎和马厩里一样黑。刚刚下了雨，但是风还在吹，农舍尽头栗树的枝条在风中摇摆着。爱莎姨妈站在门口，身后点着一盏灯，图图坐在她的肩膀上。

“快点儿。”姨妈喊道。

我跑过了院子，汤普紧跟着我一起躲到门后。

“怎么了？”我问。

“荒野之路已经打开，我想有人在找你。”

“荒野之路？”

“我得出去。你把门关上闩好，然后在厨房里等着，等我回来的时候，我会敲窗户。我不会去太长时间的。”

她点亮一盏防风灯，提着灯出去了。我像她吩咐的那样闩上了门。

她说的“荒野之路”是什么意思？她在外面干什么？那只鸭子从桌子上跳下来，蜷缩在篮子里，时不时地还会发出一些害怕的嘎嘎声，仿佛它希望有人能安慰它并且告诉它，它并不孤单。我完全明白它的感受。我蜷缩在沙发上，把鼻子抵在窗户上，以便更好地观察这十一月的黄昏中外面发生的一切。跟着防风灯的光芒，我依稀看到爱莎姨妈的身影，还有她肩上的图图。她走向大门，把灯挂在栅栏柱子上，一动不动地站了很长时间。我觉得她是在唱歌，虽然听不见她的声音，但一种宁静的感觉开始弥漫开来。灯里的火焰越烧越稳，风吹得也不那么厉害了，栗树树枝不再那么愤怒地敲打屋顶。嘎嘎叫的鸭子停了下来，把嘴藏到了翅膀底下。

不多时，爱莎姨妈回来了。我想她透过玻璃看到了我的脸，因为她没有像她说的那样敲窗，只是等我自动打开了门。

“出什么事了？”我问。

“到处都是骚乱。”她说，“但我加固了荒野风篱，我想现在安全了。”

“‘荒野之路’是怎么回事？到底什么意思？”

“把水烧上，我们喝杯茶，然后我给你解释一下。”

在橘子、热茶和乳酪三明治的陪伴下，我的姨妈彻底颠覆了我的世界观，告诉了我这一切之间的联系。

“当奇美拉出现时，你差点儿被那辆卡车撞到……这是怎么发生的？”

"当时雾蒙蒙的。"我说，"我们不得不下车推着走，因为我们看不清前面的路。突然，人行道好像消失了。然后她来了，从迷雾中走了出来。"

爱莎姨妈点点头。

"这就是荒野之路。"她说，"雾，或者更确切地说，雾中的路径，是任何野生动物天生就会使用的荒野之路——这样能听到比通常更多的声音，有助于更好地隐藏或捕猎。当你把跳蚤还有森林里的动物们都吓跑的时候，你就在使用这个。"她的微笑让我相信她只是开玩笑。"一个羽翼丰满的荒野巫师可以从一个地方进入雾的荒野，然后由此抵达别的地方。这就是我要建荒野风篱的原因之一，这样就只有我邀请的人才能进来。"

"你也能……走荒野之路吗？"

"我能，但我不经常这样做。"

"但是你可以？就这么去你想去的地方？"

"嗯，不是那么简单。比如说，以前去过的地方更容易到达。使用荒野之路最大的难点是找准目的地。"

"但如果你突然想……哦，就那么打个比方说，去巴巴多斯度假，然后你就可以这么去了，即使它与这里距离那么遥远？"

"我不会为了度假而去做这件事的。"

"但是你可以？不用买机票？完全免费的吗？"

她喝了一口茶，摇了摇头。

“没有什么是免费的，克拉拉。这需要付出别的代价，只是不是钱而已。”

“我想也是。”我说。如果可以就这么去巴巴多斯，也许我可以学着怎么去我的骑术学校而不用坐两趟公交车。我是说，那儿离我家才十三公里远。

然后我想起了星辰。

“我还没给它加干草呢。”我说。

“我们可以一起做。”爱莎姨妈说，“我需要检查一下它和其他动物。一旦环境异常，它们就会有预感，而且会变得紧张不安。”

我咬着嘴唇，我刚刚得知作为荒野巫师还有这么一个好处，爱莎姨妈的话就让我回归了现实。在可预见的将来，我显然不会去骑术学校，只要外面还有奇美拉在荒野之路的迷雾中等着我。

“你说有人在找我，那是奇美拉吗？”

爱莎姨妈把防风灯挂在门上，又把雨鞋蹬上。

“可能吧，”她说，“要么是奇美拉，要么是那只抓伤你的黑色大怪猫。”

想到那只猫，我不由自主地摸了摸额头，虽然现在那伤疤不那么红了，但抓痕犹在。我宁愿来找我的是奇美拉。

WILD WITCH

Chapter 10

第十章

火焰与灰烬

“不，克拉拉，再试一次，看卡赫拉怎么做的。”

在接下来的一周里，我听腻了这样的话。卡赫拉可以让跳蚤列队前行，向她致敬；卡赫拉可以召唤树上的一只乌鸦而不让其他鸟儿起飞；卡赫拉可以在家中找到一只特定的蚂蚁；卡赫拉可以非常好地在各种环境中藏身，汤普和我哪怕直接从她身边走过去都不会发现她在那里。

卡赫拉是如此的聪明，可以做到我做不到的事情。

要是她能友好点儿，哪怕是一点点就好了。但她一直瞪着我，就像要把我变成甲虫或南瓜似的。

“你确定你没有搞错吗？”在给汤普、星辰、山羊和其他动物居民喂早餐时，我问爱莎姨妈。

“搞错什么？”

“其实我不是荒野女巫。”

昨天爱莎姨妈让我用荒野女巫的方式去叫汤普：不许出声，不能让它看到我。汤普根本没动，它就坐在黑褐色的池塘里扑通扑通地玩儿水，甚至连尾巴都没有摇一摇。它可是汤普，这个世界上最友善的狗。而与此同时，卡赫拉却能够让白嘴鸦令行禁止：“向左四步！没错你真棒……你会为我做好的是不是？”这快把我逼疯了：“卡赫拉做起来就很简单！”

“卡赫拉的父母从她三岁起就跟她玩儿荒野女巫的游戏了。亲爱的，你当然不能一星期内就达到她的水平。”

星辰埋头在干草中大快朵颐，我抚摸着它毛茸茸的脖子。

“但是我什么时候才能做到呢？我什么时候可以回家？”

我想念妈妈，想念奥斯卡。奥斯卡没有给我发短信，他明明答应了的。也可能是我还没收到，谁知道这些事在姨妈家这里会变成这样？

爱莎姨妈看着我。“这让你很不高兴吗？”她问，“你讨厌这一切吗？还是有什么是你喜欢的？”

我需要一点儿时间来考虑这个问题，因为到目前为止，我的注意力主要集中在我发现的这些愚蠢、危险又恼人的事情上。

“我喜欢所有的动物，”我慢慢地说，“我喜欢星辰、汤普，我也喜欢你。”

“我也喜欢你，克拉拉甜心。”

“如果这只是个假期，”我说，“如果我知道一两个星期后我就能回家，或者……我的意思是，如果我能确定的话……如果不是因为那只黑猫和奇美拉……”

如果形势不是那么紧急的话，学习荒野魔法可能是件令人兴奋的事。或者如果我擅长的话也行啊，或者哪怕卡赫拉友好点儿。“尽量把注意力放在积极的方面，”爱莎姨妈说，“这样你的日子就会更好的。”

我试过了，我真的试了，可是这倒霉的日子它不听话啊。它总是从一个糟糕的开始，走向完全、彻底的糟糕透顶，总是让人想看看到底还能糟糕到什么程度……

天气又湿又冷。我深深地嫉妒着卡赫拉能身穿七八层厚衣服，因为即使我借了爱莎姨妈的亮黄色雨帽，穿上厚厚的毛衣和雨衣，可硕大的雨滴还是不断滴到我的脖子和衣领上，还有我的脚趾冻得跟冰箱里刚拿出来的冻肉似的。

我们把纸、笔和垫子放在塑料袋里以免弄湿，今天的任务是坐在池塘边的柳树下，聆听、感受并且记录我们在方圆五十米内能发现的所有野生动物。卡赫拉一直奋笔疾书，而我只写下了“两只鸭子”“黑鸟”和“汤普”，然后又瞎蒙写了个“虫子”，然后我就只能坐在那里哆哆嗦嗦地咬铅笔。风吹得柳树的枝条嘎嘎作响，雨滴在阴暗的池塘表面打下一个个圈圈。我在芦苇丛中发现了一个空的蜗牛壳。我相当肯定，曾经生活在里面的蜗牛早已死了，但我还是写了“蜗牛”。

我想不出别的了，睁不睁眼对我来说没什么差别。我知道它们在那里——树皮下有甲虫，池塘里有鱼和青蛙等水生动物，四周还有鼹鼠、老鼠和小鸟。但我就是感觉不到。

“干得怎么样？”爱莎姨妈问道。

“棒极了！”卡赫拉说着，还在奋笔疾书。

“还好吧……”我喃喃道，又写下“甲虫”，纯粹是因为爱莎姨妈说过这里有多少种甲虫来着，那这附近怎么也得至少有那么一种吧。这时节有蝌蚪吗？可能没有。

我偷偷看了一眼卡赫拉。她又写了什么东西，站起来把笔记本递给了爱莎姨妈。

“当然还有更多的东西，”卡赫拉说，“可你说过只记录方圆五十米以内的。”

爱莎姨妈拿着卡赫拉的笔记本开始看。

“干得好，卡赫拉。”她说，指着列表中的一个词，“那个在地下很深的地方，我不确定你是否能感觉到。”

我在自己的笔记本上写了“鼹鼠”。然后我听到身后传来轻蔑的鼻息声。卡赫拉从我的肩头看过来，看到我的纸上写得多么少。她抓到我写鼹鼠是在作弊。

她什么也没说，但她笑了。那可不是什么友好的笑。

我失控了。她站在那里，笑我，她在嘲笑我。我从未这么清楚地感觉到，她把我的尴尬和绝望当作一个笑话。我受够了她，更让我讨厌的是，她是对的。

“滚开！”我想。

鸭子们拍打着翅膀，惊恐地扑棱着。卡赫拉惊讶地倒退一步，在泥泞的岸边滑倒了，她抓住一根伸出的树枝试图稳住自己。

咔的一声，树枝折断了。就这样，卡赫拉彻底摔进水里，短暂地消失于芦苇和其他水生植物中。然后她浮出水面，水花四溅。她喘着气站起来，水没到她大腿的中部。

“卡赫拉！”爱莎姨妈扔下笔记本，紧跟着把她拽回岸上。

卡赫拉完全湿透了。她那一层层的衣服全都湿了，一缕缕的黑头发粘在她扁平的脸上。那只彩虹色的印加帽子浮在池塘的水面上，像一条欢快的小船。她睁大眼睛，瞪着我。

“你……”她说，“那是你……”

“以后再说这个，”爱莎姨妈语气很不好，“现在得给你弄些干衣服。”

卡赫拉抖个不停。爱莎姨妈给浴盆里灌满了热水，又倒了半升热腾腾的茶，但也没多大用。最后，我们差不多把所有我带来没穿的衣服都给她穿上了，外加一件羊毛大衣、三双袜子和一双爱莎姨妈的靴子。

卡赫拉看起来和之前被那些五颜六色的衣服裹成个茧的样子完全不同了，她显得瘦瘦小小的，神色间满是害怕，不再有傲慢。她偎着客厅的火炉，嘴唇冻得发青，眼泪悄悄地从她的面颊上滚落下来。

“我想回家，”她说，“请让我回家吧。”

我只能站在那里，既烦躁又内疚。我有种奇怪的感觉，这是我的错，虽然我根本没碰过她，可终究是我让她掉进了池塘。我能清楚地回忆起她从水中浮上来的那一刻我的感受。意识到她并没有溺水或受伤，我发自内心地高兴，高兴得不得不咬紧牙关，以免大声笑出来。

但当我看向她时，这玩笑就结束了。

“你没事吧？”爱莎姨妈到厨房去取茶时，我低声问卡赫拉。她看着我，眼圈发紫，脸色苍白，皮肤看上去几乎是灰色的。

“我大概是感冒了，”她惨惨戚戚地说，“我不……不舒服。”

她没有再指责我害她陷入困境，她甚至连提都没提。她不再怒视我，但这只让我感觉更糟。

“对不起，”我说，“我……我希望你不要生病。”

爱莎姨妈又拿茶回来了。“喝了它。”她说着，把一整杯茶倒进卡赫拉的空杯子里。

“我喝不下去了，”卡赫拉说，“我肚子都胀了。”她握着杯子暖手，“我就想回家，拜托！”爱莎姨妈皱了皱眉头。

“没错，”爱莎姨妈最后说，“最好就这么办。”然后她转向我，“克拉拉，听我说，我得送卡赫拉回家。也就是说，你得自己待一两个小时，我会尽快回来。但即使使用荒野之路，这也有些距离。”

我点了点头，“没关系。”

“千万小心，”爱莎姨妈说，“我走后把门锁好。不要出去，也别让任何人进来。你明白吗？”

“明白，”我说，“我会小心的。”

我说的时候是认真的，但计划总是赶不上变化。

时间静静地流逝。我试着读书，但过了一会儿，我就意识到我只是在下意识地翻页，根本什么也没看进去。爱莎姨妈怎么还没回来？现在肯定过去一个钟头了吧？

外面越来越黑，我的恐慌也越来越深。

“一切都会好起来的！”我对自己说，声音大得让汤普抬起头看了看我，它好像试图去理解我到底在说些什么奇怪的东西。我很高兴它在那里，要是可能的话，我还想把星辰也带进客厅里来。突然汤普跳到沙发上，两只前爪扒着窗台。它脖子后面的毛都竖了起来，嘴里发出低沉而危险的咆哮声。

“怎么了，汤普？”

我以前听过它咆哮吗？我记得没有。这种低沉而不祥的声音，使它看起来完全不像平常那个摇着尾巴、像可爱的泰迪熊一样的毛毛狗了。

然后星辰也开始嘶鸣。不，它那不是嘶鸣，而是尖叫，凄厉而恐怖的尖叫。我把汤普推到一边向马厩看去，看到长长的黄色火焰在舔舐着马厩的门。

我盯着看了好几秒钟。我该怎么办呢？我的手机没有信号，这里离最近的消防站至少也有一个小时的路程，星辰等不了那么久。

汤普开始狂吠。我跑到屋子后面蹬上靴子，打开门冲进院子。

现在我可以看到有人在马厩门前堆了一个小火堆。我踢散了燃烧的树枝，熄灭了大部分火焰。火焰并没有烧穿马厩的门，烧焦的木板只是在冒烟而已。我把门从铰链上拽下来，拖到院子里，以免余烬引燃茅草。星辰还在马厩里撕心裂肺地叫着，有只山羊冲出门口沿着碎石路跑了下去。

我就这么把山羊放跑了。汤普站在我身边，直愣愣地盯着马厩。它咆哮得全身发颤，我能感觉到它靠在我脚边。

这是有人故意安排的，我想，有人故意在门前放火。

故意的。

为什么？为什么有人要烧毁马厩？

为了让我离开屋子。

当我发现她时，答案突然就出现在我的脑海里。

奇美拉。

她坐在马厩的屋顶上，像只鸟似的蹲伏着。她那双翅膀平收在背上，黄色的眼睛瞪着我。她是一直坐在那儿还是刚出现的？

她曾是个荒野女巫，我想到。她一直都在那儿，只是我没发现。

她展开翅膀，遮天蔽日般从屋顶俯冲而下，冲我而来。我转身便逃，但没跑两步就被她抓住了。

WILD WITCH

Chapter 11

第十一章

红色的虹

我没当过被猛禽追捕的小兔子，但我现在知道那是什么感觉了。奇美拉重重地把我撞倒了，我平躺着，喘不过气来。她的翅膀遮住了所有的光线，我顿时陷入黑暗。她的手指像刀子一样抓破了我的身体。汤普愤怒的咆哮变成了号叫，之后它忽然沉默了。

我根本就无法思考，大脑中因为恐惧而一片空白。

我无法对抗她。我抬不起自己的胳膊和腿，在她的魔掌中连挣扎都做不到。她拉着我的胳膊，用什么东西把我的手腕绑了起来。然后她猛地把我的头向后拉，把一个又冷又尖的东西卡在我脖子上。那东西让我觉得火烧火燎的，难以呼吸。

“寒铁，”她在我耳畔咝咝地说，“所以别做无谓的挣扎了。”

我根本不知道她在说些什么。什么寒铁？那感觉更像铁丝网。

“起来！”

我不确定我能不能起得来。我拼命地想要呼吸，腿一阵阵怪异地发麻。

奇美拉才不在乎。她拽着我的脖子，让我眼前又是一黑。我想喘口气，就得站起来。我又试了一回，这次成功了，但当我把注意力放在麻木的腿上时，一阵刺痛袭来。

第一件事，我先去看汤普。

它躺在地上一动不动，浑身的皮肉和骨头缩成一团，看上去比平常那个像熊一样的汤普小很多。

“汤普！”我大叫着想唤醒它，但脖子又被人一拽，我只好停了下来。一条链子系在我脖子上的铁项圈上，奇美拉手中握着链子的另一端，好像我是一条狗。

“你对它做了什么？！”

她没理会我，只是又拉了一下手中的链子，我绊了一下，差点儿摔倒。

“走吧，女巫之子，”她说，“可没有一整天的时间让我们浪费。”

不管我愿不愿意，都不得不跟在她身后跛行，穿过院子，沿着碎石路，穿过白色的石头大门。我不知道汤普到底出了什么事，不知道它是死是活。

我们一出大门口，雾就笼罩了我们。这雾很奇怪，一点儿都不像普通的雾那样湿乎乎的，而是又密又干像烟一样。

这就是巫师之雾，荒野之雾。现在我明白了。

奇美拉，她在赶时间。她做这一切都匆匆忙忙的，差不多从头到尾都拉拽着我，嫌我动作慢。

尽管如此，我的大脑还是慢慢地重新开始工作了。我不知道我们要去哪里，但不需要多聪明也能明白，我们走得越远，爱莎姨妈找到我的机会就越小。我想这就是奇美拉这么匆忙的原因——她害怕爱莎姨妈。想到这一点，我多了一点儿勇气。

但是我能做什么呢？我的双手被绑在背后，脖子上套着个铁项圈。奇美拉比我强大十倍百倍。我故意放慢了脚步，哪怕会让我可怜的脖子更遭罪。但这没太大用处，我们仍然在一步步远离爱莎姨妈。我也不能靠扔面包屑来留下踪迹，因为这里除了雾什么也没有。

荒野女巫的自卫第一课，我和爱莎姨妈在一起这些日子，都学了些什么来着？

还真有这么一招儿，我也就擅长这么一招儿而已。要是我万一能侥幸逃脱，也就只有靠这个了。

我闭上眼睛，调集起那种奇异的内心感觉聆听着。爱莎姨妈告诉过我，我有这种能力。这里可不像森林里那样生机盎然，没有甲虫、蠕虫、鸟类或者蚂蚁，这里只有荒野之路、我和奇美拉。我能很清楚地感觉到她，那是冷与热的集合体，是一道诡异的红色的虹，我能闻到湿漉漉的羽毛与鲜血的味道。

“走开！”我低喝道。

她停了片刻，走向我。

“什么？”她说，“你在做什么，你这乳臭未干的小巫婆？”

然后我尖叫起来。我把自己内心所有的力量都召集起来，用我最高的声音尖叫，这种尖叫声曾使整个森林的动物逃窜。

“走开！”

她也开始尖叫起来，那是一道愤怒的尖叫声，像猛禽的叫声一样的尖细而有穿透力。她拍打着翅膀，一片坚硬的羽毛击中我的脸，让我眼前一黑。但我不需要用眼睛看也能喊出我的力量。

“走开走开走开！”

“翠碧之血……”她低声嗞嗞道。不，比起嗞嗞声，她吐出的话就像咒语一般。她后退一步，又后退一步。最后，她显然无法忍受与我接近，于是猛地最后扯了一次链子，力气大得好像要把我的头扯掉。但她失败了，她扔掉了那条链子，就像扔掉一块烧红的烙铁似的。

“我会回来的……”

话音未落，奇美拉已不见踪影。

在发现她已经走后，我又不停地喊了许久的“走开”。良久之后，我感到只有我一个人在这荒野迷雾之中了。我还是不停地喊，直到完全确定周围没有留下一丝血迹和红色的虹的踪迹。

我的脖子和喉咙疼得要命，双手冰冷，一条腿几乎使不上力。但这都不是最糟糕的。

使用荒野之路最大的难点是找准目的地。

这是爱莎姨妈的原话，我相信她。吞没了奇美拉的迷雾现在像麻袋一样包围了我，我不知道该往哪个方向走，完全没有头绪。

我究竟怎样才能找到回家的路？

WILD WITCH

Chapter 12

第十二章

喘鸣的猫

“想想看，克拉拉，好好想想看。”

我慢慢地大声对自己说，因为这至关重要，漫无目的地走显然毫无意义。我膝盖疼得快发疯了，我不知道自己能够坚持走多久。

在家的时候——我的意思是，在正常的世界，几个星期前我一直生活的那个世界——妈妈和我早已达成一致，如果发生了什么我不能处理的事情，我所要做的就是给她打电话，她会来找我。但是在这里我没有手机，也没有妈妈。

这里除了雾还有什么？

除了耳中血液流过血管的微弱咝咝声，我什么也听不到。除了恐惧和自己汗水的气味之外，我什么也感觉不到。天气既不热也不冷，既不干燥也不潮湿。万籁俱寂，一片空白。

这倒使我回忆起一件事。

我想起，当爱莎姨妈捂住我的耳朵时，她让我闭上眼睛，自己捏着鼻子。她一个接一个地斩断了我所有的感觉，只留下我的荒野感知。

这就是我现在所拥有的一切了。

我可能不需要闭上眼睛，但我还是闭了。我一动不动地站在浓雾中，潜心静听。在这个荒野的某个角落，必定有什么不同于奇美拉的存在，那就是我要找的东西。

我尽最大的努力去听，把自己的荒野感知铺陈于迷雾之中，寻找，再寻找。如果有退路，我可能就已经放弃了。但是现在无路可走，所以我只能坚持下去，尽管我很累，累得直打晃，热泪顺着脸颊流淌下来。我不断地尝试，最终……

“在这里！”

非常非常微弱，有些温暖，又有些遥远的声音。

“我在这里！”

是爱莎姨妈在找我吗？我听不清那到底是谁的声音，但肯定不是奇美拉的。只要不是她，是任何人或任何东西都好。

我开始继续循着那微弱的呼唤走路，我的膝盖受伤了，而且周围仍然只有雾，没有道路，但我对召唤之音的感应却越来越强烈。

就在此时，我实在坚持不下去了，膝盖一软，都没来得及撑住就倒下去了。我并没有摔伤，因为我脚下既没有草，也没有石头，更没有泥土。相反，我摔在了一团更浓重的雾上。但是，我再也爬不起来了。

“找到我，”我默默祈祷，“拜托请找到我，我坚持不下去了。”

从雾中走出了一只动物。我能看出它不是人，但直到它走到离我很近的地方，我才认出它。

是那只猫。

我还想用意念喊“走开”来驱逐它，但我做不到了，我已经精疲力竭。我就只能躺在那里，双手紧紧地贴在背后，膝盖根本不听我的话。这回，这只猫可以为所欲为了，而我无能为力。

它和我记忆中一样大，像只大狗甚或是小黑豹那么大。露珠洒在它那漆黑如夜的浓密毛皮上，它闻起来不再是海藻的味道，更像是带着一丝淡淡咸味儿的水的气息。但是它的眼睛仍然是黄色的。它张开嘴，打了个呵欠，露出粉红色的口腔和闪闪发光的牙齿，又长长地伸了个懒腰。它慢慢走向我，懒洋洋地十分放松，好像知道我已经什么都不能做，无力反抗，也无法逃脱。

“我的，”它说，那口吻听起来无比满足，和噩梦中出现的一模一样，“我的。”

它躺到了我身边，离我非常近。

然后，它开始呜呜叫。

我不明白这到底是怎么回事。那几分钟里，我一直在等它用爪子来撕裂我的身体，或者用牙齿来咬我的脖子。

它没有。它就躺在我的肚子旁边发出咕噜咕噜的声音，那暖融融身体像是在我身边点燃了一堆篝火。慢慢地，我意识到它并不想伤害我，至少现在不想。我不知道它为什么突然来帮助我，而不是猎杀我，我也不敢相信它会就这么继续待在我身边。但现在，它在这里照顾我，就好像我是一只小猫，而它是我的妈妈。

“你是谁？”我的声音低得像耳语一般。

它没有回答，只是喘鸣声稍稍响了一些。

就这样，爱莎姨妈最终找到了我们。

WILD WITCH

Chapter 13

第十三章

巫师集会

爱莎姨妈的客厅显得比平常小了许多，因为里面挤满了荒野巫师。爱莎姨妈一一做了介绍，但这些名字只是从我脑海中划过，很难记得住，我根本对不上号。要是我没记错，那位穿着粗花呢夹克、有胡子的老人是马尔金先生。我还相当肯定，那位身材丰满、脸颊红润、发色雪白的和善女士是波莫雷恩斯夫人。但是，那个发色绿黑相间的年轻女子是谁来着？她看起来像个万圣节化妆师，画着浓浓的黑眼线，戴着安全别针耳饰，裤子上挖了许多洞，膝盖那里布料都突出来了。她脖子上围着一只白色的雪貂，雪貂用它血红的眼睛打量着我们其余的人。

然后是卡赫拉和她的爸爸。卡赫拉的爸爸，人称米拉肯达大师，他似乎和卡赫拉一样对寒冷非常敏感，哪怕火焰在炉子中欢快地燃烧，他也没有脱下那件长长的驼皮外套。

他们一直在找我，我很感谢他们的帮助。我知道自己应该心怀感激，但现在我真的希望他们都各回各家，让这屋子恢复宁静，让我可以单独跟爱莎姨妈还有汤普盖着被子躺在炉前。谢天谢地，汤普虽然被奇美拉攻击后还很虚弱，但它还活着。

我太累了。爱莎姨妈为我唱着荒野之歌，按摩脖子、膝盖和手腕，但它们还是隐隐作痛。我头部也感觉到了疼痛和肿胀，仿佛我在驱逐奇美拉时头脑受了什么伤害。我需要爱莎姨妈的魔法的帮助，而且我还有很多疑问。

其中一个是关于那只躺在沙发上的大黑猫的，它靠在我的腿上，把它的大脑袋搁在我膝盖上，半睡半醒地喃喃着“我的，我的，我的”，尾巴慵懒地甩来甩去。我不知道该怎么办。爱莎姨妈说，这猫很可能救了我的命，它跟我待在一起，像一个巨大的、黑色的、毛茸茸的紧急无线电求救信号。但正是这只猫抓伤了我，舔了我的血，让我得了猫抓热。到底发生什么事了？我真想好好问问爱莎姨妈。

但是，这些奇怪的荒野巫师却丝毫没有要离开的迹象。恰恰相反，他们开始开会了，主要议题，嗯，是我，或者说是我和奇美拉。

“也许你能告诉我们发生了什么事，克拉拉小姐。”那位可能是马尔金先生的大胡子巫师问。每个人还有动物都转过身来看着我。我窘得满脸通红，双手紧握着茶杯。“我已经照爱莎姨妈说的那样锁好了门。”我说着，但没有看他们。

“但后来有什么东西开始在马厩外燃烧……”

我向他们描述马厩门上的火焰，以及从里面发出的星辰的尖叫声。直到现在，我才知道这是一个巧妙的策略，就为了让我走出房子，而我当时除了那么做别无选择。毕竟，我不能让奇美拉把马厩里的星辰和那些山羊都烧死啊……光是想想我就要掉眼泪了。

“当然不能了，”坐在我旁边的波莫雷恩斯夫人说，“你是个善良勇敢的女孩儿，克拉拉，你做了你该做的事。”她安慰我，抚摸着我的手臂，似乎也是在帮助我。她身上有一股薄荷味儿。她夸我勇敢，以前从来没有人这么说过。我哽咽了，几次深呼吸之后我把泪水憋了回去。

“她就坐在屋顶上。”我说，“我起初没看见她，但她在那儿，然后她飞到了我的面前。”

马尔金先生扬起了眉毛。“我以为她的翅膀主要是装饰性的。”他说，“她真的能飞吗？”

米拉肯达大师摇了摇头。

“应该不行。如果它们真的能够支撑她的体重，翼展需要比现在大四五倍。但这翅膀可能会帮她滑翔。”

我迟疑地看看这个又看看那个。

“她飞了，”我说，“从屋顶飞下来……飞到我身上，我摔倒了。她把我的手和脖子绑住，所以我抵抗也没什么用。然后她……不知道她对汤普做了什么。”爱莎姨妈点了点头。

“她迷惑了汤普，”爱莎姨妈说，“扭曲了它的生命之索。我回家时它还没有意识。要是没有我的帮助，它大概都恢复不了了。”汤普用尾巴轻轻敲着地板。要么是它知道我们在谈论它，要么就是它很乐意听爱莎姨妈的声音。

“这是什么意思？”我问，“什么是……生命之索？”

“我们称为生命之索的东西，蕴含着全部的生命能量。”波莫雷恩斯夫人说，“它是生命力的源泉。如果它被斩断，我们就会死去。”

这么说汤普差点儿就死了，奇美拉差点儿杀了它。我气得紧紧抓住手中的茶杯。

“她太卑鄙了，”我说，“卑鄙，邪恶……她根本不在乎任何人，冷酷得像寒冰一样。为了能得到她想要的，她什么也不在乎。”

“珊妮娅深受其害，”波莫雷恩斯夫人说，“奇美拉害她失去了家。”

原来她叫珊妮娅。她坐在客厅的椅子上，把胳膊搭在椅背上休息，眼睛在暗色系妆容中闪烁着白色的光芒。她戴着露指带关节钉的黑色皮手套。我觉得珊妮娅和她的雪貂挺吓人的，不过值得欣慰的是，她是我们这边的，而不是奇美拉的人。我刚想问她是怎么失去家的，可马尔金先生继续了他的提问。

“克拉拉小姐，请继续，今晚我们需要做出重要决定。”于是我把剩下的经历也都讲了，奇美拉是怎么把我拖上了荒野之路的，而我最终又是怎么赶走了她。

“很有趣。”马尔金先生喃喃自语道，一只手抚摸着他的胡子，“亲爱的，请让我看看那个铁项圈好吗？我相信你把它带回来了。”

“是的。”爱莎姨妈说着，递给他一个帆布袋。她把我从铁项圈和铁丝中解救出来后，就把它们放进袋子里。

他打开袋子，朝里面看了看，然后小心翼翼地把里面的东西倒到咖啡桌上，又从上衣口袋里拿出一支钢笔去拨弄那根细细的金属链子，并没有用手指去碰它。

“寒铁，”他说，“毫无疑问。可即便这样也没起作用，真奇怪。”

他说的“没起作用”是什么意思？我的喉咙和脖子都痛得要命，要不是爱莎姨妈找到我，寒铁还卡在我的脖子上呢——我自己一个人永远也没法儿把它弄下来的。

爱莎姨妈注意到了我的困惑。

“寒铁是荒野魔法的克星，”她说，“绝大多数荒野巫师一旦被这种铁链锁住，就很难使用自己的力量了。但是，你可以。”这可够奇怪的，因为我是个很年轻的荒野女巫。

“我就只会大声叫‘走开’。”我抗议道。

“是的，至少现在是这样。但是，你非常非常有天分。”马尔金先生把寒铁放进袋子里，他仍然小心翼翼地避免直接接触它。

“这就是我们的证据。”他说，“乌鸦之母也无法忽视这个。”

“乌鸦之母？”我问，“那是谁？”

“荒野世界的最高级别组织和法庭。”马尔金先生说，“之前他们一直犹豫，但现在他们不得不对奇美拉采取行动了！”

“但这意味着克拉拉必须去做证。”波莫雷恩斯夫人说，“你觉得她准备好了吗？”

爱莎姨妈目光炯炯地直视着我。

“她不再是胆小鬼了。”她最后说，“是不是，克拉拉？”

那黑猫在我的腿上打了个哈欠，朝我的脸伸出爪子。它没挠我，不过要我给它挠挠肚子，我就给它挠了。

“当然不是了。”我说。但我其实并不是很确定。

WILD WITCH

Chapter 14

第十四章

乌鸦壶

“妈妈！”

“你好，小宝贝！你怎么样？”

“很好。”

我为什么要这么说？因为妈妈那么高兴和我通话，但她鞭长莫及。如果我告诉她我的真实感受，除了让她担忧伤心，又有什么用呢？这也许就是我报喜不报忧的原因吧。

“你喜欢和爱莎姨妈待在一起吗？”

“是的，喜欢，这里很好。我真的很喜欢动物。但是我……我等不及想回家了。”

“我知道，亲爱的。爱莎姨妈怎么说？现在安全了吗？”

“我可能过几天就能回家了，如果一切都按计划顺利进行的话。还有，如果你能让我带一只猫回家……”

“一只猫？”

“呃，是的。这事真是一言难尽，就拜托了！”

另一端沉默了片刻。我能听到茶匙在咖啡杯上磕磕碰碰的声音。

“好吧，”妈妈犹豫地说，“我想行吧，但你要自己照顾它！”

“当然，我会的。”

“爱莎在吗？”

“她在跟客人聊天呢，”我飞快地说，“我们很快就会再见的。我爱你。”她还在说再见的时候，我就挂断了电话。我真的很想给奥斯卡打个电话，但已经到了该走的时候。

这群人已经在门口集合了，我骑在星辰背上，以免压迫我的膝盖。其他人都是步行，只有波莫雷恩斯夫人骑了辆车篮装饰着鲜花的深绿色老式自行车。

“我要是走太多路的话，胯会受不了，”波莫雷恩斯夫人发现我看着她，带着歉意地说，“我还是骑自行车比较好。”

卡赫拉的爸爸挽着星辰的缰绳。

“我真的会骑马，真的。”我有点儿生气了。

“那很好，”他说，“但是在荒野之路上骑和在树林里小跑是不一样的。”

“我们最好一起行动。”马尔金先生对我说，“但万一我们走散了，米拉肯达大师知道我们要去哪里，而你不知道。”

我记得独自迷失在荒野之路上，不知何去何从的感觉。我颤抖了一下，突然就不介意卡赫拉的爸爸牵着星辰了，虽然卡赫拉就站在我们的旁边，眼看着我像个小孩儿似的被人拉着。她抬起戴着毛茸茸帽子的头，看了我一眼，但她看上去并没有多高傲，而更多的是困惑和恐惧，就和我现在的感觉一模一样。

“大家都准备好了吗？”马尔金先生问，“好，我们走吧。”

星辰行进在铺满碎石的小路上。道路一侧是荒野，另一侧是云杉林。然后，马尔金先生和波莫雷恩斯夫人开始吟唱，雾渐渐在荒野中弥散开，变成浓稠的灰色。很快，我们踏入了荒野之路。在浓雾中，我只能隐约看到星辰的脖子和耳朵、卡赫拉的红黄相间的长毛帽子、米拉肯达大师的驼皮大衣和就在我前面的爱莎姨妈。图图坐在她的肩膀上，用喙摩擦她的头发。这很可能是个表示亲热的姿势，但看起来它总像要擦掉什么东西似的。

黑猫坐在马鞍后面的羊皮枕头上，我能感觉到它身上的温暖。

每隔一段时间马尔金先生就会率先哼唱一些信号，之后波莫雷恩斯夫人、爱莎姨妈、卡赫拉的爸爸先后跟着唱，最后是珊妮娅，依此往复。到现在，我已经学会了所有的哼唱——这是为了指引我们的道路，同时避免我们在

荒野迷雾中走散。如果我闭上眼睛，就可以用我的荒野感知来辨识其他人和动物。但我已经很累了，在星辰宽阔的背上摇来晃去迷迷糊糊的，所以我决定还是算了。

突然，有什么又冷又湿的东西落在我的鼻子上。我忍不住眯起眼睛，原来那是一片雪花。我们的周围不再是雾了，而是闪闪发亮的大片白色雪花，落在我们的头发、衣服还有星辰温暖的脖子上。

“我们快到了吗？”我问米拉肯达大师。

他点了点头。

“一会儿就到。”他说。

雾散了。我们还在森林的中央，但我马上就意识到这不是之前的那片森林了。这片森林非常古老，四周是黑色的蜷曲的树木，树干粗得至少要三个人才抱得过来。这里冷得已经不像是十一月末了，而是进入了寒冬。两边的树枝被积雪覆盖，我们沿着自己踩踏出来的路径前行，头上的天空被黑色的树梢映衬成深灰色，到处都是雪。鸟雀拍打着翅膀在我们头顶盘旋，如泣如诉地嘶哑鸣叫着。雪带来了诗意。这些鸟和爱莎姨妈家的那些可不一样，它们都大得多。

“哦，不。”卡赫拉悄悄地叹了口气，“这里已经是冬天了……”

从她的声音中能明显地感到她有多么怕冷，我也替她难受。

一只大鸟俯冲而下，从星辰的耳边擦过，我可以看清它的每一根羽毛。它的喙和我的手一样长，眼睛漆黑发亮。盘旋在我们身边的鸟都是乌鸦，我有一种被刺探感觉——它们不仅在看着我们，还在谈论我们。在我身后，黑猫伸了个懒腰，优雅地轻轻跳到了地上。

“嘿，你要去哪儿？”我问。但它只是又伸了个懒腰，就消失在树影之间。

“猫有自己的路。”米拉肯达大师说，“如果你需要动物做荒野伙伴，是猫选你，而不是你选猫。”

“我还不知要不要选它呢。”我说。

“不，就像我刚才说的，猫有自己的想法。”

雪下得太大了，波莫雷恩斯夫人不得不从自行车上下来，推着车走。

“这条路越来越长了。”她喃喃地说。

“我们快到了，”爱莎姨妈说，“看，都能看到乌鸦壶上盘旋的鸟了。”

在大概半公里之外的地方，天空中挤满了鸟，主要是乌鸦，也有其他的鸟，白嘴鸦、寒鸦什么的。成千上万只鸟的叫声充斥在空气中，盘旋的乌鸦像一团旋风。这大概就是这个地方被称为乌鸦壶的原因吧，至少是解释了名字里“乌鸦”那部分，等我们走近，我才明白它为什么叫“壶”。

这条小路通向一条马车道，马车道渐渐变成了一条下凹的道路，使我想起了通往爱莎姨妈家的路。下凹的道路往下倾斜，越来越深，越来越陡，最后豁然开朗。这个像壶一样的地方，周围的石壁像采石场一样耸起，我能看出我们所处的圆场是在火山口底部。一圈树木环绕着火山口的侧壁，那里有洞穴或者说住所，带有门窗。阳光倾泻而下，带着原木燃烧和某种食物的味道。

直到我们来到圆场中央，震耳欲聋的声音才停止。鸟叫声和盘旋的风暴都停了下来，仿佛我们的到来是它们一直在等待的信号。鸟儿从四面八方观察着我们，从火山口底部的树丛到山顶边缘的树枝上，都有鸟儿在望着我们。所有的那些眼睛和鸟喙，都让我不由自主地紧张。

门开了，一个穿着黑衣服的高个子女人走了出来，走到圆场中央。

“晚上好。”她说，“欢迎！新人在哪里？”

“这儿。”爱莎姨妈说，“这是我妹妹的女儿，克拉拉·阿斯克。克拉拉，这位是崖柏，乌鸦之母理事会的负责人。”

一只乌鸦飞下来，落在崖柏的肩上，块头大得高过了她的头。它转过头来上下打量着我。

“哦，是的，我现在看到了。爱莎，她看起来和你有点儿像。”

但崖柏并没有看我，她仍然面向着雪云密布的灰蒙蒙的天空，双眼紧闭。突然，我意识到她是盲人。那么，她怎么会知道我长得像爱莎姨妈？

因为她从乌鸦的眼睛里“看”到了我，这是我能想到的唯一解释。虽然不冷，我还是打了个寒战。

“我们开门见山吧。”她说，“克拉拉·阿斯克，你想控告一位荒野世界的女巫，是这样吗？”

我又觉得不好意思了，可能是因为她太严肃了。

“是的。”我低声说。

“请你说出被指控的女巫的名字。”

“奇美拉。”我哽了哽，但还是努力把这个名字说出来了。“谢谢你。”她声音中带着显而易见的满意，好像她等这一刻已经等了很久一样。“理事会会召唤奇美拉！先进来暖和暖和吧，把荒野之路的雾气从骨头里赶出去。”她朝一扇玻璃门走去，其他人都跟在后面，我犹豫了一下。

“那星辰呢？”我悄悄地问爱莎姨妈。

“我们也欢迎星辰，”崖柏头也不回地说，“它也走了那么远的路。”

爱莎姨妈朝我笑了笑。

“跳下来，我们把马鞍和缰绳从它身上拿开。”她说，

“星辰会自己决定想不想进去。”

于是，星辰跟着我们欢快地一溜小跑进了玻璃门，来到一个乌鸦壶的客“穴”。这是个点着壁炉的大房间，十把扶手椅在炉火旁围成个半圆，地板的一角上铺着厚厚的一层刨花，还放着一大桶水和一张装满干草的网，在昏暗的房间里散发着草地和夏天的气息。

“在这里，他们会照顾好做客的人类和动物。”波莫雷恩斯夫人说着，发出一声感激的叹息。与此同时，星辰在她身边的刨花上兴高采烈地伏下身来休息。

我一瘸一拐地穿过房间坐了下来，我的膝盖已经僵硬了，疼得厉害。尽管如此，整个环境还是让我感到十分舒适。壁炉里水壶中的水正在沸腾，毫无疑问，有人为我们准备了这种特殊的客房和马厩，他们一定提前知道我们要来。

“我希望这儿什么也不缺。”崖柏说，“要是还需要什么，请一定告诉我们。我们会派一个信使去传唤奇美拉，她必须在三天内到场，否则我们将直接宣判。”

“谢谢你。”爱莎姨妈说。

“你认为她会来吗？”我问她，心里忍不住希望奇拉美离我越远越好。

“即使对奇美拉而言，被荒野世界驱逐也是非常严重的事情。”爱莎姨妈说，“她会来的。”

在我听来，这根本不是安慰，我不仅没放心，反倒更担心了。

我太累了，几乎连饭都吃不下了。客房的床是嵌入墙内的，用厚厚的天鹅绒帘子隔开。吃完饭后，我在浴室冲了个澡，然后钻进羽绒被。卡赫拉跟我睡在同一个隔间里，她大概和我一样累，连澡都没洗就睡着了。她身上盖着一大堆毛毯和羽绒被，高得我只能看见她的黑头发。我蜷缩在一边打呵欠，断断续续听到客厅传来的声音。

“……她有被裁决无罪的可能。”米拉肯达大师说。

“不可能！”珊妮娅喊道，“她罪恶滔天！”

“但她并不愚蠢，”波莫雷恩斯夫人说，“还记得她是怎么把你赶出韦斯特马克的吧？他们最终选择相信她，而不是你。”

“但现在他们肯定意识到自己错了！”

声音停了停。我抬头望着天花板，那是一片树根和青苔，我觉得我的整个身体都随着每一次呼吸变得越来越沉重，我的眼皮开始打架了。

“我们有寒铁，”珊妮娅坚持道，“那肯定能说明问题。”

“如果克拉拉成功做证的话。”米拉肯达大师说。

“一切都取决于那个女孩儿。”波莫雷恩斯夫人说，

“我真希望她能行。”

我也是这么想的。随后，我渐渐地沉入满是噩梦的不安睡眠中：每次我以为我已经逃离奇美拉的时候，她总是出现在雾蒙蒙的街道或地下室的走廊，像鹞子一样俯冲而下追着我。

半夜时分，我突然感到一个毛茸茸的身体来到我的身旁，带着沉重而又温暖的喘呜声，是猫，我的黑猫。

至此，我才摆脱了噩梦。

WILD WITCH

Chapter 15

第十五章

尖牙与利爪

“克拉拉，克拉拉，醒醒。她已经来了。”

谁？什么？我的意识仿佛从深黑色的湖底慢慢地浮出水面。我上学又迟到了吗？

但轻抚我的肩膀叫醒我的不是我妈妈，而是爱莎姨妈。我不是在自己家里柔软的床上，而是躺在乌鸦壶的客房里。

最后我才意识到“她”指的是谁。

“奇美拉？她在这里吗？”

“是的，她要求在一个小时内开始审理此案。”我的头晕晕乎乎的，膝盖还受了伤。“她说了算吗？”

“是的。这是她的权利，因为我们已经对她提起诉讼了。”

听崖柏所说的话，我以为自己至少能有三天太平日子呢，可以有三天的时间来恢复、准备，看看会发生什么，并且搞清楚向乌鸦之母理事会提供证据的含义。“我真希望她能行。”——波莫雷恩斯夫人曾这样说，那时她以为我睡着了。我所有关于法庭的知识都是从电视剧中看来的，我觉得那恐怕和现实世界的不太一样。

确实不一样。首先，这里没有审判庭，事实上根本连个大厅都没有。审判就在乌鸦壶中央由那些覆盖着白雪的树木围起来的圆场上进行。

这里也没有精明的律师在有人纠缠证人时站起来，高喊“反对！”至于法官，我看到有五个戴着黑头巾的女子——崖柏就是其中之一，此外还有两个男人。他们中的大多数都在手臂或肩膀上架着乌鸦，树上还有成百上千的渡鸦、白嘴鸦和寒鸦。

“那些就是乌鸦之母。”站在我后面的爱莎姨妈低声说。

“但是……他们中有些是男的啊。”

“是的，我们现在平等了。”

“他们中有人是盲人吗？”

“是的。古时候，人们必须把眼睛献祭给乌鸦才能成为乌鸦之母。幸运的是，我们现在已经不再这样做了，但是还是有许多天生失明的人被吸引到这个职业中来，这是人之常情嘛。我相信你已经注意到了，崖柏的乌鸦就是她的眼睛。”我点了点头。

“但是他们过去怎么做？他们到底是怎么把自己的眼睛献祭给乌鸦的？”

“恐怕就是字面意思那样，把自己的眼睛挖出来喂给乌鸦吃。今天，这纯粹是象征性的了——只不过是用一点儿血混着几滴泪喂给乌鸦吃。”

那也够恶心的，我不想喂乌鸦吃我的任何东西，哪怕只是一点儿血和几滴眼泪。

然后我想起来，那只黑猫第一次和我见面时，就舔了我的血。可我没法儿像崖柏通过乌鸦的眼睛看世界那样，通过黑猫的眼睛看东西啊。不过，也许这就是我能听懂黑猫说话的原因吧。

没人知道奇美拉现在在什么地方，一个小时过去了，审判就要开始了。太阳已经升了起来，低挂在空中，乌鸦壶底弥漫着大片白雾。天气很冷，我能看到自己呼出的白气，不过至少雪已经停了。

而那只温暖了我一整夜的黑猫又不见了。它好像不喜欢乌鸦壶和这些黑鸟，这让我很紧张，比刚才更紧张了。我吓坏了，喉咙里像是吞下了一块又硬又粗的石头。

此时，没有人知道时间已经过去了多久，但是我能感觉到这七位乌鸦之母——不管是男性还是女性，都有些不耐烦了。爱莎姨妈就站在我身后不远的地方，我能感觉到她的体温。不远处还站着马尔金先生、波莫雷恩斯夫人、米拉肯达大师和珊妮娅。显然，他们是要在这里作为奇美拉所作所为的见证人，但我仍然觉得很孤单。爱莎姨妈手里拿着那个装着寒铁的袋子。看起来，卡赫拉因为还没成长为一位成熟的荒野女巫而不能到场，她和星辰一起在那个大客房里待着呢，这可真幸运。

此时，奇美拉到了。

她如此巨大，或者说她的翼展真是太大了。她要是展开翅膀，估计会有大树的腰围那么宽。

“别再浪费时间了，”奇美拉说，好像迟到的是我们而不是她似的，“你们都知道旧律。我要求那个小骗子为她的诽谤和诬告自首，以求得我的仁慈。”她用一只长长的金色爪子指着我。

什么？求得她的仁慈？

“这是什么意思？”我悄悄地问爱莎姨妈，“她要干吗？”

过了一会儿，爱莎姨妈才回答。“我不知道，”她说，“现在通常不会如此的，但……”

乌鸦之母们聚在一起商议着，但我们离得太远了，听不清他们在说什么。然后崖柏站起来，向前走了一步。

“你指的是哪一部法律，奇美拉？”

奇美拉举起一本旧书。

“《尖牙和利爪》，”她说，“最古老的律法，布拉维塔四百年前写下的。无论它的历史多么悠久，它仍然有效。”

奇美拉把书扔到崖柏脚下，但这位失明的乌鸦之母并没有去捡。“首先，你必须得证明你的主张。”崖柏说。

我转向爱莎姨妈。

“她是什么意思？这个什么‘尖牙与利爪’的东西，到底适不适用？”

“我没想到会这样。”爱莎姨妈说，她的嘴唇紧紧地抿成一条灰色的细线。“看在老天爷的分上，现在没人会把布拉维塔的律条拿到法庭上了。”

“但是这是什么意思呢？如果我们输了，那么……她会抓走我？”

“过去在理事会面前被指控是一件非常严重的事情，许多罪行都可能被判死刑，所以人们万万不能出于恶搞或者诽谤的目的去控告谁。法律规定，一旦原告的指控被证明有误，败诉者将成为胜诉者的财产。”

“多长时间？”

“我不知道，可能是一辈子吧。”

我全身汗毛倒竖，恐惧彻底笼罩了我，我不想成为奇美拉的财产，一小时都不想！更别说是一辈子了！

爱莎姨妈把手搭在我肩上让我安心。

“只有理事会判我们败诉才会这样，我们有很充分的证据。”

她说得倒是轻松，要是我们输了，要给奇美拉当奴隶的又不是她。

我看着奇美拉。她收起翅膀站在那儿，个头儿不像张着翅膀时那么大，但仍然很有压迫感。她面无表情，伸出爪子攥紧了拳头，好像期待着用手指紧紧地掐住我的脖子。

“让我们听听指控吧。”崖柏说。

我觉得自己非常渺小。我不知道我能否让别人明白，每个人似乎都比我高上至少一米，而且聪明一百倍、勇敢一百倍。我不是很高，但这不是身高的问题。有时我觉得自己内心好像变成了小矮人，而其他人则变成了巨人。

我就像一只小老鼠，或者什么更小的东西，比如小甲虫、小蚂蚁。我张开嘴，一个音节也发不出来。

爱莎姨妈轻轻拍了拍我的背。

“你必须说出来，”她说，“她伤害的是你。”

但我说不出来，我的舌头变得像石头一样坚硬，不听使唤。我的嘴唇冰冷沉重，一动也不能动。崖柏挑了挑眉毛，重复她的命令。

“克拉拉·阿斯克，向理事会阐述你的指控！”

“说出来！”

这次是那只黑猫在说话。但是它在哪里？我环顾四周，看见它就在树林外面。它蜷缩着，是白雪中的一团漆黑。它甩着尾巴，看起来像是想用自己的牙齿和爪子去撕碎奇美拉的脸。

我嘴里的“石头”消失了。黑猫的无畏精神似乎对我产生了某种影响，它身体里面有我的血，也许它的某一部分也在我的身体里?

“告诉他们昨天发生了什么事。”爱莎姨妈在我背后低声说。

我点了点头。

“当时我住在爱莎姨妈那里。”我说。

“大点儿声。”一位男性乌鸦之母哼了一声，“叫那个女孩儿大声说话。都听不见她说什么。”

“昨天，我姨妈出去的时候，奇美拉来了。”我努力大声说。

“什么？她在说什么？”

“安静，维拉，让那女孩儿说话。”崖柏说，“如果你自己听不见的话，你的乌鸦一定会借给你耳朵的。”

那个叫维拉的男人看起来像是被冒犯了，但我很高兴崖柏能替我辩护。

“为了把我引到院子里去，奇美拉放火烧了马厩的门。”我说，“然后她袭击了我，用铁丝绑住我的手，把寒铁卡在我的脖子上。”

爱莎姨妈走上前去，把那个寒铁项圈从袋子里抖出来。等乌鸦之母们意识到那是什么之后，他们发出一片低语声。

“她把寒铁卡在你脖子上？”崖柏问。

“是的。”我说，“她差点儿杀了汤普！”

“汤普？”维拉惊讶地叫道，“他是谁啊？”

“我们的狗。她……爱莎姨妈，再告诉我一遍，奇美拉还做了什么来着？”

“她扭曲了汤普的生命之索，”爱莎姨妈说，“我们险些救不回它的命。我的家、我的狗、我妹妹的女儿，都受到了奇美拉的威胁。奇美拉也侵犯了我！”

崖柏摇了摇头。“爱莎，你不能代表你妹妹的女儿说话。这里的原告是她，不是你。你不能代表她说话。”

爱莎姨妈低下头沉默了，但她的手仍然留在我的肩上。

“克拉拉，继续。然后呢？”

“奇美拉想要绑架我。她扔下快要死去的汤普，把我拖进了荒野之路。我不知道她要把我带到哪里去，也不知道她要对我做什么。我把她……赶走了。最后爱莎姨妈找到了我。”

“寒铁还卡在她脖子上。”爱莎姨妈说。

“爱莎！”

“我不是在指控，我只是提供证据，我说我自己看到的。”爱莎姨妈说。

“好吧，可以接受。因此，克拉拉的指控是，奇美拉非法进入了爱莎的荒野风篱，破坏她的房子，伤害她的动物，还有最严重的指控——她对另一位女巫使用寒铁。”

“是的，”我尽量大声地说，“这是我的指控。”

“干得好！”那只黑猫在我的脑海里小声说了一句。它的肯定让我全身暖融融的，简直可以抵御冬天清晨的寒冷。

不过现在就庆祝还为时过早，这次轮到奇美拉了。

她抖了抖翅膀，又合上了，虽然并没有拍打，还是扇得雪在她脚边旋转飞舞。“要是就这么回事，”她说，“那我们现在都还在这儿干吗啊？”

“这些都是很严重的指控。”崖柏说。

“如果这些是真的的话，如果是一位巫师做的的话……”

“你这是什么意思？”

“我今天到这里来，是因为我尊重理事会和法律。但从什么时候起，法律规定巫师必须允许他的名誉被一个可怜的、困惑的小女孩儿所玷污？这个女孩儿甚至连一只老鼠都不会召唤。她不是荒野女巫，她今天根本不应该站在这里。她所谓的指控是一个谎言，彻头彻尾的谎言。我不知道是谁点燃了爱莎家马厩的门——也许是她自己做的！我也不知道谁伤害了爱莎的狗，也许这个女孩儿也有责任。但我知道，尊敬的乌鸦之母们明智得足以看穿她指控中的谎言。看看她，然后看着我。她说她驱逐了我——大概是用一些咒语之类的，我们姑且这样相信，所有这些还都是她在脖子上卡着寒铁的情况下干的。如果真是这样，这只有一个拥有非凡力量的荒野巫师才可能做到。看看她，尊贵的理事会，你们相信她说的是真的吗？”

“不，”维拉喃喃地说，“这听起来太奇怪了。”

“克拉拉没有撒谎，”爱莎姨妈说，“她是一个非常特殊的荒野女巫，她不仅是……”

“爱莎，我警告你，”崖柏说，“在法庭上，每个巫师都只能说自己的案子。”

“要是连女巫都不是那还说什么啊。”维拉说，“我们应该先查清，她到底是不是荒野女巫，让她先召唤个动物。”

我站在那里，张着嘴，感觉大地已经在我的脚下消失了。奇美拉把我打倒在地、捆起来、绑架了我，但现在我却突然变成了被告。被告，是的。我被怀疑不是荒野女巫，也许我确实不是。毕竟，谁听说过有哪个荒野女巫只会喊“走开”吗?

“就老鼠吧，”奇美拉得意地说，“让她召唤老鼠。如果她失败了，她就不是一个女巫。那样就算说到天边，她对我的控告也不可能是真话。然后，她就属于我了！”

她眼中闪着贪婪的光芒，又把爪子狠狠一握。

我的脑子一片空白，除了浓得化不开的恐慌和绝望地暗暗喊着“我做不到，我做不到”之外，没有任何其他想法，也没有任何其他情绪。远远地，我听到波莫雷恩斯夫人失望地小声叹息：“哦，不……”

“我的外甥女才刚开始训练，”爱莎姨妈说，“她更擅长驱逐动物……”

“无论是谁，只要声音足够都能做到。”维拉说，“现在让她召唤只老鼠，这样我们才能继续。”

我闭上眼睛，竭力调用我的荒野感知，但我能感觉到的只是自己的恐惧，直到我注意到我的裤腿上有什么东西。我惊奇地睁开眼睛，差点儿忘了害怕。有什么东西蹦来跳去的，拿温暖的小爪子按在我的皮肤上。我掌心朝上伸出手，一只瘦小的灰色老鼠从我的袖子里跑了出来。

我不知道它是从哪里来的，我真的不知道。

它坐在我的手掌上，用小小的灰色爪子抓着它粉红色的鼻子。它的胡须在我的手指上颤动。它不会是铅笔盒里的那只老鼠吧？它们看起来一模一样。

“啊，好吧，”维拉说，声音有点儿失望，“至少我们能确定一件事——这个女孩儿确实是个荒野女巫。现在我们要做的就是查明她的话是否属实。”

奇美拉看上去怒不可遏，她没想到我会成功。老实说，我自己也没想到。但是老鼠就在那里，现在这才是最重要的。

“很好。”奇美拉说，“她可能是个女巫，但她仍旧是个骗子。我要求使用烈火试炼，这样每个人都能看出谁在说真话而谁在撒谎。”

“烈火试炼？”崖柏说，“对这么年轻的女巫来说，这考验太艰巨了。”

“如果她真的是个女巫，如果她说的是真话，”奇美拉说，“那么对她来说就没有什么可害怕的了，是不是？”

WILD WITCH

Chapter 16

第十六章

如果你不曾努力

我以为，我得走过烧红的煤炭、用手指熄灭蜡烛或者是去拿什么烧着的东西之类的，但是我错了。

我们坐在客房里等待夜幕降临，因为很显然，烈火试炼必须在夜间进行，只有晚上才能清楚地看到火焰。“试炼有四个部分，”波莫雷恩斯夫人说，“空之烈火、水之烈火、陆之烈火和心之烈火。”

四个考验——难道一个还不够吗？

“第一部分还不算太坏。”米拉肯达大师说，他在帮助我思考，“这所谓空之烈火，就是萤火虫。”

萤火虫？听起来倒是并不危险。

“我该怎么做？”我用一只手抚摸着黑猫的背问。“每次试炼都是一样的：你需要和一些动物说话，让它们相信你说的是真话。如果你成功了，它们会让你通过，你就不会被烧伤。”

“但是……我不知道怎么跟它们说话，我只会把它们赶走。”

“谁知道呢，也许那也有用。”波莫雷恩斯夫人微笑着说，“我觉得你的能力比你想象的要强大得多。毕竟，老鼠来到你身边了，不是吗？”

“是的。”但是我也不知道它怎么来的啊，因为我的召唤？它就是这么出现了。或许它是自愿的？可能是因为上次铅笔盒那事上我曾经帮过它？我不知道啊，我又没有和它谈过。我也不知道要怎么跟萤火虫交谈。

“萤火虫能烧得了人？”我问。

“能。如果你不能阻止它们，它们就会烧的。火焰很小，但很多。”

“二是水之烈火。”马尔金先生说，“你必须走过一个满是毒刺水母的池子。它们的触角有几米长，会蜇你使你麻痹。如果你不能让它们缩回触须，那么就折回。如果你被蜇得严重，那些毒液会害死你。”

“现在不要吓唬小女孩儿。”波莫雷恩斯夫人严肃地对马尔金先生说。

“我不是吓唬她，但她需要知道真相。做一段时间奇美拉的奴隶总比死了好吧？”

“我可不那么想，”珊妮娅冷冷地说，“就我个人而言，我宁愿死。”

卡赫拉从她的座位上猛地站起来。“别这么说！”她伸出一根手指指着珊妮娅，“不要说这种话！”

珊妮娅看上去有点儿震惊，我也很惊讶，卡赫拉跳起来为我辩护？

这可不像是她会做的事情，肯定有什么特殊的原因。

米拉肯达大师也站起来，伸出手臂揽住卡赫拉。

“嘘，卡赫拉，冷静下来。”他安慰道。很奇怪，难道卡赫拉有什么伤心往事吗？看来现在需要安慰的人不止我一个。

“如果我折回，是不是就意味着我输了？”我说。

“是的，”爱莎姨妈点点头，“这是法律。”

我忍不住爆发了。

“法律！这到底算什么法律？我从来没有要求过成为什么荒野女巫，现在我突然就不得不通过一些致命的巫师测试！而如果我通不过，奇美拉就可以对我为所欲为！难道这就是正义吗？！”

爱莎姨妈抚摸着我的头发。

“可怜的克拉拉，这很难，我知道的。对于人类和动物来说，荒野世界不是适宜居住的地方。真的很危险啊！有时甚至是致命的。而且荒野巫师的法律可能比你所习惯的法律更接近于自然法则。不过，正义，无论以怎样的形式，最后总是会胜利的。”

“不。”珊妮娅痛哭着说。

“相信大自然，克拉拉，”爱莎姨妈说，“相信那个我所知道的你内心深处的荒野女巫。”

据我所知，大自然是一个弱肉强食的地方，奇美拉比我强大得多。我一点儿也不想相信大自然。

“三是陆之烈火，”马尔金先生说，“到时你要穿过一个洞穴……”

“停！”我说，“安静点儿吧！我不想再听了。那个水母池就不像是我能通过的。”

“克拉拉……”爱莎姨妈刚要说话。

“不，我已经受够了。我要回家！”

我气冲冲地走了出去，砰的一声关上门。黑猫紧跟着蹿了出来，险些夹到尾巴。

我对着它愤怒地宣泄：“这全是你的错，明白吗？要不是你，那么这一切都不会发生。我仍然是以前那个克拉拉·阿斯克，长着一些雀斑的害羞女孩儿，和妈妈在水星街过着普通的生活，有个最要好的朋友叫作奥斯卡。”

也许我应该逃跑？对，不告诉任何人，就这么离开！逃到他们不再找我为止，然后设法自己找到回家的路。我不想再用荒野之路，我对它感到恐惧。其实，无论是我们的公寓、学校、生活的城镇，还是乌鸦壶，都肯定是这星球上实际存在的一个地方。比起使用荒野之路，走普通的路途可能要花上更长的时间，但迟早我会找到一些普通人，他们会帮助我以传统的方式回家，乘火车或者公共汽车，如果有必要的话还可以乘飞机。

我跑过那圈树，朝着乌鸦壶的入口和通往森林的那条凹下去的道路跑去。但就在离那里一步之遥的地方，那只黑猫挡住了我的路。

“不！”它在我的脑海里说。

“走开，”我说，“一边去！”

但它就像初次见面的那个下雨的清晨一样，巨大的身躯一动不动，不肯让我过去。

“永远不要在战斗打响之前逃跑。”它低声说，“输掉战斗只意味着敌人比你强势。但没有经过尝试就逃跑，就证明对手比你强大。那样你就真的输了，永远永远。”

我以前从没听这只猫说过这么多话。

“你只是一只猫，”我说，“你知道什么？”

“一切。”它说完，就从我面前闪开。如果我想走，就可以走了。

这是我的选择。

“那不公平，”我低声说，“现在我走不了了。”

因为我知道，留下是对的。如果我不努力就逃跑了，那么奇美拉就大获全胜了。我永远会记得我是个逃兵。而她和其他人，都比我聪明、比我强大、比我优秀，我会是一个毫无价值的失败者。

“我宁愿死。”

我几乎不知道这是我的想法，还是黑猫的想法。但这是真的。当我回来的时候，其他人坐在一起正望着门口，好像他们早知道我会回来似的。卡赫拉大大的黑眼睛水汪汪的，我能看出她刚刚哭过。

但是爱莎姨妈笑了笑，赞许地对我点点头。

“好吧，”我说，“跟我说说后两个试炼吧。”

WILD WITCH

Chapter 17

第十七章

空之烈火

火把在黑暗中闪烁着。月亮挂在乌鸦壶上空，硕大而苍白。乌鸦们此刻都静静地站在树上，偶尔拍打着沉重的翅膀。乌鸦之母们站在树下——有一小群观众来看我的烈火试炼。只有卡赫拉没有被允许观看，虽然她争取了很久，可最后她爸爸把她拉到一边不许她来。

我想知道为什么她这么想来，她那么怕冷。她是为了支持我，还是仅仅因为不想错过我失败的样子？

奇美拉就站在我身边，如果她张开翅膀就一定会碰到我。

“我希望你已经准备好了，女巫之子。”她用冰冷的声音低声嘲笑，“太晚了，你现在如果想逃跑也来不及了。”

我偷偷瞥了她一眼。她知道吗？她知道我差一点儿就逃跑了吗？从她得意扬扬的神情中我可以看出，她认定我会失败。

我希望她错了，但我有一种可怕的感觉，她很可能是对的。

“试炼开始。”崖柏宣布。

夜空中布满了一个个小光珠，那些萤火虫在我们身边盘旋飞舞，像喜人的烟花。“啊！”我不禁惊叹，没想到它们竟如此美丽。

其中一只萤火虫在我的鼻子前稍稍盘旋了片刻，让我能看清它精致的翅膀和金光闪烁的身体，然后它就不见了。但是另一只萤火虫碰了碰我的手。

“哎哟！”我冷不防地叫了一声，奇美拉轻蔑地笑了笑。她抓了一只闪烁的萤火虫，握着它，只想让我知道她可以做到。我听见萤火虫在她弯曲的手指间嗡嗡地飞，然后她又把它放走了。

我的手仍然感到微微刺痛。这点儿疼痛虽然微不足道，但这只是一只萤火虫。如果是成千上万只萤火虫都扑向我，我该怎么办？

七位乌鸦之母开始吟唱，萤火虫立刻停止了舞蹈，开始一圈圈绕着飞，它们的火焰在空中形成了一条旋转的隧道。

“我是不是要穿过去？”我问。

“是的。”爱莎姨妈说，“让它们看到你，来到你身边。如果你在它们身边，而你没有撒谎，它们就不会烧死你。”

说起来容易做起来难。当一只萤火虫灼伤我的时候，我才知道那有多痛。我提醒自己，萤火虫这一关是最简单的，后面的情况会越来越严峻。

我朝萤火虫隧道走了一步。我有一种强烈的想要冲过去的冲动，但这可不是什么好主意。波莫雷恩斯夫人劝我：“给它们时间来了解你。”

我走进萤火虫飞舞的隧道。那么多萤火虫，除了它们发出的光芒我什么都看不到了。整个乌鸦壶都消失了。奇美拉、乌鸦之母、爱莎姨妈还有其他所有人……他们都不见了，天地间只剩下萤火虫和我，和另一个存在。

“站着别动！”那只黑猫悄悄地在我心里低语。

是的，黑猫和我在一起。虽然我看不见它，但它一定在黑暗中绕圈子呢。它在我的脑海里，我并不孤单。

我静静地站着。这里比较热，比隧道外面热多了，我开始出汗。萤火虫在我身边飞来飞去，在我的脸颊、头发和双手边盘旋，但它们却并没有落在我身上。它们没打算烧死我。

它们没有烧死我……

“我没有撒谎，”我用低沉而谨慎的声音说，“奇美拉才是骗子。”

我不知道它们是否理解了我的意思。但随后，萤火虫们转了一圈就飞走了，整条隧道消失不见了。

我又看见了奇美拉的脸。这回她面无表情，可能是不再那么肯定我一定会失败了吧？！

“克拉拉通过了空之烈火的试炼。”崖柏说。我觉得她声音里有那么一丝丝满意。

维拉叹了口气。

“哦，好吧，”他说，“那我想我们得去水母池了。在这种天气……”

WILD WITCH

Chapter 18

第十八章

水之烈火

乌鸦与我们随行，像影子一样在月光下飞翔，叫声如泣如诉。它们会时而停栖在树上，等我们走过去再继续飞。很显然，它们知道我们要去哪里。

我因为膝盖上有伤，被特许骑着星辰走，尽管我觉得这大概是违反规定的。其他人都在步行，就连波莫雷恩斯夫人也是。跟周围漆黑广阔的森林相比，我们的火把和灯笼看起来就像是小萤火虫。我在颤抖间突然想到，身后的灌木丛传来的沙沙声，到底是怎么回事？也许是狐狸，但或许是更大的东西呢？不知道像这样的地方是否会有狼。

然后我突然意识到，跟我所要面对的一切比起来，一两匹狼实在不算什么，于是我也就不再回头看了。

水母池坐落在一个岩石环绕的山谷里，岩石上白雪皑皑。但水母池附近却没有雪，暗色的水微微地冒着热气。

“它有多深？”我问走在星辰旁边的马尔金先生，“我不会淹死吧？”

“不会的，”他说，“如果你站直了不动，我想那水最深也就到你的胸口那儿。”

当然，奇美拉也在这儿。她的翅膀在我们面前的雪地上投射出阴暗的影子。

“你知道这会杀了你的，是吧？”她说，“据说有人会抓挠自己的皮肤，尖叫好几个小时，然后痛苦地死去。你为什么不承认你撒了谎呢？那你就不必忍受这种痛苦了。”

马尔金先生转过身。

“安静，奇美拉，”他说，“法律不允许恫吓原告。”

但是已经晚了，那些话我已经听到了，我无法把它们从脑子里赶出去。

星辰小心翼翼地走下最后一段没有积雪的斜坡。我拍拍它的脖子，向它表示感谢，并真诚地希望这不是我最后一次骑在它的背上。

我得把外衣脱掉，不过我的手指抖得厉害，爱莎姨妈不得不帮我解扣子。我又听到奇美拉轻蔑地一哼。

“那个女孩儿吓坏了。”她说，“我们结束这场荒唐的演出，各自回家吧。”

没人理她。爱莎姨妈吻了吻我的脸颊，悄悄地对我耳语：“相信大自然，相信你自己。你不会受到伤害的。”

崖柏和其他的乌鸦之母开始围着水母池吟唱，就像之前对萤火虫做的那样。水中有什么东西开始发光，那是水母。我现在能看见它们了。它们不是我想象的那种小小的果冻似的东西，它们看上去像巨大而透明的教堂钟漂浮在水中，它们的触须像章鱼触手一样长而且不光滑。

“试炼开始。”崖柏说。

我应该顺着岩石上凿出的台阶走下去。我迈出第一步时就浑身发抖，根本感觉不到自己的腿。“它们不会伤害我。”我低声对自己说，但很难让自己信服。等我的脚踝刚刚碰到水，我又停了下来，水是温的，虽然没有洗澡水那么热，但在这天寒地冻的天气里，也算非常暖和了。

我抬头看了看。奇美拉站在水池边上，就在两位乌鸦之母身后。我的目光与她黄色的眼睛碰到了一起。

“那些人尖叫了好几个小时。”她说，声音很轻，但足以让我听到。这本应该使我更加害怕，但事实并非如此——当然事实上我已经怕到人类的极限了。但就在此时，我意识到，她不想让我下水，这才是她威胁我的原因。她试图恐吓我，好让我放弃！

可这一切恰好说明：她认为我能行。

在与她那险恶的黄色眼睛对视中，我冒出来了这样的想法：如果她确定我没有机会，她为什么要让我放弃？

她对我，似乎比我对自己更有信心。

这个意识支撑着我一步一步走进水中。

我等待着疼痛降临，但它一直没有来。

水母在我周围漂浮着，有一只还轻轻地撞在我的腿上，那是种奇特的橡胶般的触感。它们没有刺伤我，爱莎姨妈是对的。我可以相信大自然。而且，我应该更加相信自己。

我慢慢地涉水，走到了水池的另一端。

我浑身湿透了，但仅此而已。

“克拉拉通过了水之烈火的试炼。”崖柏宣布。

“你已经完成了一半，”爱莎姨妈一边用毛巾擦干我的肩膀一边说，“你做得很出色。快把外套穿上，你要冻坏了。”

我伸手把外套套上，胳膊抖个不停，这一次不是因为害怕而是因为我太冷了。我绝对不喜欢冬泳。

我觉得很奇怪，我好像不再害怕了，或者说至少没那么害怕了。最终，我觉得自己和其他人一样强大。这感觉真是太棒了。

“它们没有伤害我。”我又说了一次，这大概是第五回了，“它们真的不会伤害我。”

“本来就不会嘛，”爱莎姨妈笑着说，“我早就告诉过你了。”

WILD WITCH

Chapter 19

第十九章

陆之烈火

我只是通过了一半的试炼，但信心大增。面对第三场试炼，陆之烈火，我的恐惧比面对水母池时要小得多。

我需要穿过一个山洞，波莫雷恩斯夫人跟我解释说，看起来像小龙似的火蜥蜴就住在里面，它们可以向空中喷出火焰云。这关可能不好过，但在我看来，还是比水母的触须好点儿。既然水母都没有伤害我，想必火蜥蜴也不会那么难对付吧？

奇美拉瞪着我，我想我可能从她皱着的眉头预见到她的失败了。

你就等着吧，我心里想，你将是失败者，而我会赢得最终的胜利。因为我是个真正的荒野女巫，可能不是这个世界上最好的，但我没有撒谎。火蜥蜴会让我通过的。

我真的相信是这样。

洞穴的入口是地面上的一个洞，也就是家里地下室的窗户那么大。

“这段时间你只能靠自己。”波莫雷恩斯夫人说，“等你从那边出来，我们才能看到你。这次的试炼有点儿困难，因为你不仅要保证火蜥蜴不伤害你，还得让它们帮助你才行。它们喷出的火是你唯一的光源，如果没有光源，你就很难找到出路。”

“好的，”我说，“我明白了。”

“既然如此，我也再没什么能告诉你的了。小女巫，祝你好运！”

这次没有人吟唱。难道是因为这次我必须自己唤醒火蜥蜴？我忍不住觉得自己有点儿被骗了。他们所做的就是把绳子系在我的腰上，把我顺下去送进洞里，整个过程随随便便的，不像前两次那么正式。

我告诫自己，这是事关生存与真相的大事，我必须要证明撒谎的是奇美拉而不是我！

正如我所预料的，山洞里像地下室一样阴暗潮湿。我笨拙地跌在地上，膝盖隐隐感到一阵疼痛。这只是一个轻度警告，我不能确定自己能坚持多久。

我不知道出口离入口有多远，没有人告诉我关于这个洞穴的任何情况，如果我走不了那么远怎么办？

我解开他们放下的绳子，绳子随后消失在空中，很快洞口被盖上了，仅有的月光和火光也消失了。

现在四周一团漆黑，伸手不见五指。

恐惧随之而来。

我意识到我没有想过怎么过这一关。我怎样才能让火蜥蜴照亮洞穴？我大概曾经想象过，如果它们不想帮忙的话，我可以不用灯光，就摸索着走到出口。但当我迈出第一步时，就知道这行不通。我的脚趾碰到了什么坚硬的东西，被绊了一下，不过没有摔倒，因为我撞到了山洞的粗糙石壁，扶着它站住了。

我不能这么折腾，就算我的胳膊、腿受得了，甚至脖子也受得了，但我的膝盖可再也受不了这么撞来撞去的了。

“嗯……火蜥蜴？”我小心翼翼地叫了起来，尽量不去想这副样子有多傻，“你在吗？”当然，没有答复。黑暗中是有微弱的沙沙声吗？我不确定。

另外，我也不知道蜥蜴移动时会发出什么样的声音。

“这可真够愚蠢的。”我嘟囔着。而这一次，我听到一个微弱的回声仿佛在耳语，“愚蠢，愚蠢，愚蠢，愚蠢……”我还是闭嘴吧。

我咬着嘴唇。现在怎么办呢？喊“走开”也没用啊，而那是我唯一掌握的荒野魔法。

“也许，是你学习新东西的时候了。”

我犹豫了一下。

“黑猫？是你吗？”

但是没有任何回答。也许根本就不是它，我经常分不清那声音到底是属于黑猫的还是属于我自己的。

这里黑得什么也看不见，闭不闭上眼睛似乎也没什么差别，但我还是闭上了双眼。爱莎姨妈第一次教我如何找到我的荒野感知时就是这么做的，而且这样更容易做到。

如果你管这叫“容易”的话。

什么也看不到，什么也听不到，什么也闻不到。我努力找到一种与视觉、听觉、嗅觉都无关的感觉，从而感受整个荒野世界里的每一个生命，包括隐藏在洞穴黑暗中的生物。

那里！

事实上，火蜥蜴就在离我很近的地方，如果我再多走一步，就会被它绊倒。一缕微弱的生命火花在黑暗中闪烁，一颗小小的心在寒冷中缓慢地跳动。

天气这么冷。我想马上把它捡起来，捧在手里，用我自己的体温温暖它。

“咝咝咝咝咝咝咝咝……”

突然，一团火焰从我们之间射出，如此明亮，透过我紧闭的眼睑都能感觉到。我睁开眼睛。我和火蜥蜴之间有一朵炽热的云，使我能够看见它。它身上有黄色和黑色的斑点，身体上满是鳞片和疣刺。它眼睛小小的，个头儿只有天竺鼠或者小猫那么大，样子却没那么可爱。在我想进一步做点儿什么时，气云散开，光芒消失了。很快我感觉到它的爪子碰到了我的裤腿。

热量，我知道是这个吸引了它。它感觉到我想和它分享我的体温，现在我进退两难了。毕竟，我心里已经许下过一个承诺。

好吧，反正不必亲吻它，我想着。迟疑了一会儿，我弯下腰，小心地抱起这只长相粗糙的小动物，把它贴近我的心口。虽然蜥蜴没有那么柔软、温暖、毛茸茸，不过它也没有那么怪异。它摸起来像是一卷带刺的粗砂纸，我能感到它很喜欢也很需要我。几分钟后，它甚至开始用沙哑的声音快乐而满足地哼哼起来，调子很像乌鸦之母吟唱的荒野之歌。

“咝咝咝咝咝咝咝咝咝咝咝咝咝咝咝咝……”

整个洞穴突然光芒绽放。石壁上、洞顶上、地面上，哪怕是岩石最轻微的凸出或者凹陷，在明亮的火云下都变得纤毫毕见。这些火云仿佛在合唱着一首火焰之歌，金红色、温暖的光芒，驱散了黑暗。

我抱着“我的”蜥蜴走到火云近前，被震撼得几乎落泪——它们如此美丽，就像萤火虫的舞蹈一般，甚至更加壮丽。它们如此温暖怡人，唱响的火焰之歌充满了对我的喜爱之情。

“谢谢你。”我低声说。我用食指轻轻地抚摸着蜥蜴的脖子。它拱起脖子，迎合着我的触摸，吟唱得更加响亮。我抱着这只小蜥蜴，开始向前走。

这条路不是很长，如果走直线的话可能也就是一百步左右。但其实这条路并不是笔直的。我不得不爬上爬下，在最狭窄的地方匍匐前进，到处都是尖锐的石块，从地面凸出或是从洞顶垂下。有些凸出的岩石之间还有很深的裂缝，其中一些深得足以轻易吞噬我这样一个十二岁的小女孩儿。没有蜥蜴给我的光芒，我永远也找不到出路。

洞穴的出口比入口稍微大一些，是一个锯齿状的洞，就在我头上七八米处。一条绳梯从两根坚实的横梁上垂下来，我可以看到火把和月光，听到人们的声音，尽管我不清楚他们在说些什么。

我把火蜥蜴放到一块小岩石上，最后一次抚摸它的脖子。

“总有一天我会回来的，”我许诺，“然后再帮你暖和起来。”

现在火云开始减少了，发出的光芒也渐渐暗淡下去。“我的”火蜥蜴最后向空中喷出了一朵金色的火花向我告别，然后爬下岩石，消失在黑暗中。我抓住绳梯，开始向着月光爬去。我的膝盖受伤了，而且我也不喜欢这嘎吱作响的绳梯，但很快我就能出去了，这样我就通过了第三关试炼。

或者说，我自己是这样想的。

当我登上绳梯后，手却抓不到绳子了，反而抓到了什么冷冰冰、毛茸茸的东西。刺耳的尖叫声响起，非常锋利的牙齿狠狠咬着我的手指。

突然，黑暗的山洞中满是尖牙利爪，到处是拍打声和尖叫声。坚韧的翅膀拍到我的脸、我的脖颈儿，我无法呼吸，有什么长着毛的东西在那里又抓又咬，一声高亢的尖叫钻入我的耳朵，直抵大脑。我的心怦怦直跳，完全抓不住绳梯。我滑倒了，在撞到石洞崎岖不平的地面前，腿又被挂住了，于是我干脆利索地被倒吊了起来。

什么都没有。

所有的生物都走了。

黑暗。

疼痛。

我全身就只有被翅膀和利爪刺痛的感觉。

然后，连这也消失了，我彻底不知道自己在哪里了。

Chapter 20

第二十章

患难见真情

“克拉拉！”

有人在摇晃我。

“克拉拉，来！坐起来！”

我不想坐起来。我根本就一动也不想动。身上的伤变着花样地折磨我，火辣辣的又酸又痛，从膝盖到大腿肌肉疼得像针扎一样。

“克拉拉，你必须得起来！”这是卡赫拉的声音……

卡赫拉？她在这里干什么？

“什么？”我说，“怎么回事？”

但我连话都说不利索了，舌头一阵阵发麻，只能发出呻吟声。

“哪儿疼？”卡赫拉问。

“膝盖和头。”

她把手放在我头两边。我头晕目眩的，但还是注意到她戴着手套。她在对我干什么？

“躺着别动，我看看能不能为你止痛。”卡赫拉说。

然后，她就像爱莎姨妈第一次为我按摩时那样，隔着毛茸茸的手套抚摸着我的太阳穴。而她的荒野之歌就像我的黑猫一样萦绕在我周身。这也许没有爱莎姨妈做得那么有效，但确实有所帮助。我又试了试，发现自己可以动了。

“你在这里干什么？”我问。

“帮你啊。”她咬牙切齿地说，“你以为呢？你靠自己能搞定一切？”

“是的。”我说，“这不是规矩吗？”

“奇美拉可不按规矩行事，这也许可以解释为什么她总是赢。”

“奇美拉？”我赶紧往四周看看。卡赫拉拿出手电筒，在岩石间投下怪异的阴影。我瞥见火蜥蜴好奇地看着我，但倒没看见奇美拉。

“别担心，她和其他人一起在外面等着呢。”

“那我不明白她怎么会插手这里……”

卡赫拉扑哧笑了一声，“所以你觉得就在你即将通过第三关时，一群蝙蝠决定攻击你，纯属巧合？”

蝙蝠，对，是蝙蝠让我摔下来的。

“但是……”

“克拉拉，蝙蝠是很腼腆的动物。如果不是被人控制，它们决不会像刚才那样攻击人类。”

我伸手去拿手电筒，照了一下山洞顶，确实挂着许多蝙蝠，它们毛茸茸的，头朝下，翅膀合拢包裹着身体。

它们现在几乎一动不动，只是稍稍摇晃，偶尔翅膀摩擦发出沙沙声。它们看起来没那么可怕，也没有表现出想要攻击我们的迹象。

我颤抖着。

“你怎么知道这儿出了什么事？”我问。

“因为我一直跟着你。等大人们把你放下来，从洞口走开后，我也跟着爬了下来。”

“为什么？我没想到……我的意思是，我以为你不喜欢我。”

卡赫拉把目光转开了。

“我也不知道，可能……这不太好解释。做一个成功的荒野女巫，对我而言非常重要，比你想象的要重要得多。爱莎应该教给我所有的东西，我爸爸不能教我，因为他是个男人。这就是为什么我们日复一日地去找爱莎，即使要走很长的路，每天都把我冻个半死。因为成功对我来说很重要。”卡赫拉说罢，抬起头看着我，乌黑的眼睛闪着光芒，好像要哭出来了，“然后你就来了。你什么都不懂，爱莎不得不手把手教你一切，即使是最基本的，你也做不到。你还会作弊或者蒙答案，有时学得不顺你还会生闷气。突然间，我就不得不天天等着你这个新生先把一切做好，而你甚至懒得去尝试。可是我一直都在不断地练习中度过，你不知道你让我有多生气。”

我局促不安地扭了扭。她说得对，开始时我总是生闷气闹别扭，而遇到那些我不懂的练习，我有时也会作弊。

“为什么这对你这么重要？”我问，“我是说，成为一位成功的荒野女巫，怎么那么重要？”

她又一次避开了我的视线。

“我想做得和我妈妈一样好，”她平静地说，“我必须做到。”

“你妈妈？”

她突然抬起头来，厉声说：“别问这么多问题！”

“你从一开始就不喜欢我？”我问。

“是的。”她耸耸肩，“或者说我根本就是讨厌你。毕竟，我又不认识你。”

“我不明白你为什么要帮助我。”

她哼了一声。

“我没打算帮你，我决定跟着你去看看你是否作弊了。”

这听起来合理多了，这就像是我认识的那个她了。

“我没有。”

“你是没有，”她说，“但是奇美拉有，所以恐怕还得说幸亏有我在。你不这么觉得吗？”

我叹了口气。

“是的，”我说，“我想是吧。”

“现在你必须爬上绳梯，让他们知道，你是位真正的荒野女巫。奇美拉必须被打败，你明白吗？”

“那你呢？”

“我得回入口那边，从外面走过去。虽说是奇美拉作弊在先，但最好还是别让他们知道我帮了你。”

我照卡赫拉说的做了。我听到她爬上黑暗中的岩石，我强撑起来，接着去爬绳梯。卡赫拉，她有点儿像那只黑猫，我不认为我们刚刚结为了最好的朋友，但她在我需要帮助的时候施以援手，我知道我欠她一个人情。也许这也是一种友谊。

等我挣扎着爬上绳梯的最后几级时，看到所有人都在等待——亲友、敌人和乌鸦之母。爱莎姨妈露出了笑容，棕色眼睛中的光芒分外闪亮。奇美拉的怒容比以往任何时候都更加邪恶。她脸上一个一闪而过的表情使我相当确定，卡赫拉是对的——她真的试图利用蝙蝠来阻止我。但她失败了，我想，卡赫拉已经预见到了。

“克拉拉通过了陆之烈火的试炼。”崖柏大声说，让每个人都能听到。

只剩最后一关了——波莫雷恩斯夫人称之为心之烈火。

WILD WITCH

Chapter 21

第二十一章

心之烈火

“我们已经很长时间没有见证荒野巫师经历心之烈火的试炼了。”崖柏说，“这对克拉拉来说当然是最危险的一关，但对我们其他人来说，也并非没有风险。因此，我现在要询问双方是否仍然维持她们的诉求。克拉拉，你的证词里有什么要修改的吗？”

我摇摇头。

“我说的都是真的。”我说。我的声音听起来略带沙哑，但是很清楚，很平静。这真的是我吗？我几乎认不出自己来了。

崖柏转而面向奇美拉，奇美拉就站在乌鸦壶的树圈旁，站在我们身边。

她离我很近，如果我伸出手大概就能摸到她的翅膀。我才不摸。

“奇美拉，克拉拉坚持她的指控。你有什么要说的吗？”

“她在撒谎。”奇美拉斩钉截铁地说。不过有些东西已经改变了，她不像刚开始那样傲慢了，那时她还以为我是一只她随便就能踩死的小蚂蚁。

“你知道如果克拉拉平安无恙地穿过火焰从另一边出来，那她的指控就得到证实了吧？”

“你说是就是吧。”奇美拉回答。

“听着，奇美拉，”维拉突然插话，“克拉拉已经通过了前三项试炼。所以，这里已经没有人怀疑她说的话了，我们相信她说的是实情。”

天啊！这跟刚开始刁难我的那个维拉是同一个人吗？他居然改变了口风，或许他只是想赶紧把这件事了结。现在一定已经快半夜了，甚至可能更晚。一路走到水母池和蜥蜴洞，他是最不情愿的那个。

“你想剥夺我的权利吗，维拉？”奇美拉反问道。

维拉哼了一声，“不，但如果你停止一意孤行的话，那对你的判决可能也不会那么苛刻。难道不能适可而止吗？”

“你害怕了吗，维拉？”奇美拉的声音轻蔑得像刀子一样锋利，“那就把那个女孩儿给我，回家睡觉吧。如果你们现在把她交给我，我愿意在一年后释放她。”

一年！十二个月，三百六十五天，八千七百六十小时！谢了，不行，绝对不行。

“看来我们还得继续。”崖柏说，“很好，那就继续吧。”

他们让我站在树圈中央。其他人——包括奇美拉——

都不得不越过树林，撤到乌鸦壶的远侧。我不知道卡赫拉躲在哪儿观察着这里发生的一切。虽然我看不见她，但我相信她肯定在。

七位乌鸦之母各自择定一棵树，围成一个圈。

他们开始吟唱。

这次他们还是唱着没有歌词的调子，但不再是低声吟唱，他们声音大得让我想用手捂住耳朵，树木、大地和天空仿佛都在随声颤抖。

雪开始融化。不是那种慢慢地融化，而是像把黄油丢进烧红的煎锅里一样，几秒钟之内就化了。我脚下的大地不停地旋转，然后开裂。七条火线穿过地面从乌鸦之母那里向我奔来。就在即将撞上我的时候，那些火线在我周围转了个圈，形成了一圈火墙，火焰熊熊燃烧着，热浪仿佛要吞噬一切。我不得不闭上眼睛，觉得自己的睫毛和眉毛好像都被烧成了灰。

我站在一个火球的中央，而我并非孤单一人。

火球中有个东西，我怕得不敢睁眼。虽然看不见它，但我能用荒野感知感受到它。这火是有生命的，它不是什么东西，而更像是一个人。

“你是谁？”——是这团火在问这个问题。火焰咆哮着，似乎一瞬间就能让我化为灰烬。这不只是在问我的名字，它想知道的是，我是谁。

“我是个荒野女巫。”我低声说，尽量不让太多的热气进入肺里。

“荒野女巫是什么？”那个声音问。

我惊慌失措了一会儿。我该怎么解释呢？甚至说，这问题有正确答案吗？或者，有错误答案吗？

“一个喜欢动物的人，一个热爱整个荒野世界的人。”

我没答错，我能感觉到。但火焰还在等待，似乎在期待着更多的答案。

我忽然想起爱莎姨妈说过的话，想起火蜥蜴欢快的歌声。

“一个永不会不劳而获的人。”我说。

火焰明显退了退，虽然还在燃烧，不过至少不那么炙热了。但是这还不够，难道我漏掉了什么？

黑猫！黑猫现在是它的一部分，更是我的一部分。

“一个永远不会不战而逃的人。”

“你确实战斗了，小女巫，但你是孤身战斗的吗？”

哦，不。

恐惧使我不寒而栗，心跳加速，火焰又一次包围了我，让我喘不过气来。我的皮肤就好像烧烤架上噼啪作响的烤肉似的，我知道这是为什么。

因为我没有孤身战斗，卡赫拉帮助了我。虽然是因为奇美拉作弊，但我还是违反了规则让别人帮助了我。

撒个谎，我想，就说我是独自一人。反正没有人看见她……

但我不能，我不能对这火焰撒谎，我必须说实话。

“不，”我用嘶哑的声音说，“一个朋友……帮助了我。”

我会被活活烧死的，我想，因为作弊，火焰会把我烧成灰烬。

但它没有。相反，它又一次悄悄地问我，那声音里似乎有一股暗流。

“你是谁，小女巫？”

然后我明白了。这就是我们在这里的原因，这就是试炼的目的。

“一个诚实的人，”我说，“只说真话，或者保持沉默。”毫无疑问，火焰在笑，它在我身边深情而疯狂地跳舞，却丝毫没有伤害我。它的咆哮变成了一首歌，在夜色中闪着金红色的光芒。当我睁开眼睛的时候，我终于看到了它的真容。

火焰鸟。

它的羽毛和翅膀，还有颈、尾和嘴，都是由火焰构成的，它的眼睛就像流淌的黄金。它带着火花腾空而起，向我洒下满天烟火。

“回答得好，小女巫，你心中有火焰在燃烧。”

它掠过树顶，惹得乌鸦直拍翅膀。它向我满怀爱意和风趣地一舞，之后翱翔至天际，在月色中投下一个火焰色的剪影，然后就消失不见了。四周完全安静下来。

在七位乌鸦之母中，只有崖柏还站着。但她也晃得要靠身后那棵树的支撑，嗓音比她那只乌鸦的声音还要低沉沙哑。

“克拉拉通过了心之烈火的试炼。”她说完就背靠着树瘫坐在地上。

就我个人而言，我一点儿也不觉得累，火焰鸟的笑声还在我心中快乐地冒着泡，连受伤的膝盖也不让我觉得那么疼了。

“你做到了！”卡赫拉第一个冲上来抓着我的双臂又叫又跳，“你做到了，做到了，做到了！”

“克拉拉，亲爱的，”爱莎姨妈说，“我真为你感到骄傲！”

那只像夜一样黑的大猫向我们踱来，咕噜咕噜地像加满油的摩托车一样喘呜着。

“我的。”它心满意足、满怀骄傲的声音在我的头脑中响起，“我的荒野女巫。”

但是我们的庆祝被打断了。所有乌鸦、白嘴鸦和寒鸦都开始咕咕尖叫，拼命嘶吼，一齐展开翅膀，像乌云一样向月亮冲去。

“这是怎么了？”我目瞪口呆地说，“发生了什么事？”

崖柏扶着树挣扎着站起来。

“是奇美拉。”她说，“她逃走了。”

然后我看见了奇美拉——一片比所有人都大的影子，一个既不是鸟也不是天使的巨型类人鸟的影子。乌鸦在后面追赶她，但她那鹰一样的翅膀极具杀伤力，受伤的乌鸦开始像石头一样掉落，黑色的羽毛撒落遍地。

“不！”崖柏双手捂着她失明的眼睛绝望地喊着，“乌鸦死了！她杀死了乌鸦！”

我想我永远也忘不了崖柏脸上的表情。她手脚并用四处爬着，摸索着一只又一只死去的鸟儿，但就是找不到那只曾经属于她的乌鸦。她彻底地失去了她的“眼睛”，什么也“看”不到了。

Chapter 22

第二十二章

最后一句话

那天晚上，乌鸦壶里鸟儿几乎死了一半。奇美拉逃脱了。她被宣布为逃犯，被荒野世界驱逐。虽然幸存的鸟儿一直在追踪，但都没有找到她，仿佛大地已经把她吞没了，或者说她把自己融入了深邃的夜空中。

崖柏坐在她房间的壁炉旁，温暖的火光映照在她的脸上，但现在她看不见火焰了，双手空空地搁在腿上。

“对不起，”我说，“我希望我能做点儿什么。”

崖柏随着我的声音转过头来，但她没有起身。

“这不是你的错，”她说，“这是我们的错。我们本应该早点儿相信你。我们早就应该制定新的法律了，这样就不会让你被迫经历布拉维塔那个时代的试炼。”她伸出双手，片刻的犹豫之后，我意识到她是想说再见，我把手放在她的手中。尽管她轻柔又温暖地拉着我，我仍然能感觉到她有多么强大的力量。“现在，是你回家的时候了，克拉拉。我向你保证，我们不会放弃追捕奇美拉，不会允许她再去伤害你。同时我想你的黑猫也会保护你的，是不是？”

“我想是的。”我微笑着说，“也许还有其他几个朋友也会帮忙。但是你呢？你还能再看到吗？”

“到时候就能了。”她说，“等春天新的雏鸟孵化出来时，我会重新养一只小鸟。通常需要一两年的时间我们才能真正了解对方，才能互相借用对方的感官。”

“祝你好运！”我认真地说。

“你也是，克拉拉·阿斯克。”崖柏说。

当我们走出荒野之路的迷雾，来到爱莎姨妈家大门前，我一眼就看到了院子里那辆蓝色的小汽车，停在爱莎姨妈那辆生锈的老式小汽车旁边。

“妈妈！”

我骑着星辰，还没完全坐稳，它便开始小跑着向前飞奔，迫不及待地冲向它安全而温暖的马厩。我们冲过砾石路和草丛，终于来到房子面前。

门开了，妈妈和汤普出来迎接我们。汤普和往常一样连蹦带跳地摇着尾巴，在星辰的蹄子边转来转去。妈妈一动不动地站着，她简直不敢相信自己的眼睛。

“克拉拉，我的宝贝，我亲爱的……”

我从星辰背上跳下来，放下缰绳，让马儿自己回马厩。马厩的新门还没装好，所以山羊可以随意出入。

“你在电话里的声音很奇怪。”妈妈说着，一把把我拉过来拥进怀中，从我八岁起她就没有这样抱过我了。

“所以我必须得来，结果你不在这儿……”她深深地吸了一口气，把我搂得更紧，“你走了这么久，我都不敢想。”

“但现在我回来了，”我说，“明天我们就可以一起回家了！”

当然，故事还没有结束。我不得不告诉奥斯卡发生了什么事。我还要试着跟黑猫讲道理，告诉它，用四只锋利的猫爪欺负奥斯卡那条软鼻子的拉布拉多犬可一点儿也不酷。奥斯卡是唯一知道真相的“外人”，因为我们对彼此没有任何秘密。而其他人则以为我病了，去某个康复中心治疗去了。我也成功地说动爱莎姨妈去买了部手机，让她上山给我们打电话，这样我就能知道汤普、星辰、山羊们还有其他动物的情况啦。当然，还有卡赫拉的消息。

“你现在不必和我这个新生在一起啦。”和卡赫拉道别时，我对她说。

“当然，”她说，“这样我就能学到更多东西了。”但是她给了我一个短暂而温暖的拥抱，“照顾好自己，而且……其实我并不真的介意继续跟你做同学。”

回到公寓，和奥斯卡一起上学，这感觉竟有些奇怪。我走了二十天，将近三个星期，感觉像是走了二十个月似的。一切都大不一样了，特别是我的内心。

“告诉我一件事，”妈妈在我回校上课的第一天早上问我，“你长大了吗？”

“是的，”我说，“我想我真的长大了。”

“那是因为你有我。”我低头一看，黑猫眯着金黄色的眼睛，看起来非常得意。

“我觉得没有你的帮助我也能成长得挺好。”我佯装生气吓唬它。

它哼了一声，“我可不这么想。”

争论是毫无意义的。当你有这样一只黑猫的时候，永远不要指望能在争论中取胜。